KU-675-505

MOZART
AUF DER REISE
NACH PRAG

by
EDUARD MÖRIKE

Edited
with an Introduction, Notes and Vocabulary
by
M. B. BENN, M.A., PH.D. (LOND.),
Reader in German
University of Western Australia

GEORGE G. HARRAP & CO. LTD
London Toronto Wellington Sydney

1004100771 T

First published in Great Britain 1970
by GEORGE G. HARRAP & CO. LTD
182 High Holborn, London, W.C.1

Introduction and Notes © *M. B. Benn* 1970
Copyright. All rights reserved

ISBN 0 245 50398 6

MANCHESTER
PUBLIC
LIBRARIES
73   7 51 2

EP1

g
833
MOR

Printed in Great Britain by
Spottiswoode, Ballantyne & Co. Ltd
London and Colchester

CONTENTS

ILLUSTRATIONS

INTRODUCTION

Eduard Mörike is the last of the great Swabian poets and in some respects the finest. Less prolific than Wieland, less energetic than Schiller, less sublime than Hölderlin, he is superior to his predecessors in variety, in richness of colouring and in humour. His fame rests primarily on his lyric poems, the best of which are comparable with the best that have ever been written in any age or country. But his rare talent makes itself felt in his prose works also, and in none more signally than in *Mozart auf der Reise nach Prag*. In conception and execution [this Novelle is the most perfect of Mörike's serious prose compositions. Few critics would dispute its claim to be the finest example of the 'Künstler-novelle' in German literature.]

Mörike's Life (1804–75)

[Mörike was born on 8th September 1804 in Ludwigsburg,] and received his elementary education in the grammar school there. On the death of his father in 1817 his mother moved to Stuttgart, where Mörike attended the 'Gymnasium illustre'. As it had been decided that he was to be a clergyman, he received his further education in the new 'Klosterschule' in Urach and—from 1822 to 1826—in the famous theological seminary of Tübingen. [Always rather a mediocre student, he nevertheless acquired a fair knowledge of Latin and Greek which was to result in a strong classical influence on his original writings.]

But more important than his formal education were the friendships he made with some of the most gifted of his fellow-students—Friedrich Theodor Vischer, the future critic and aesthetician; David Friedrich Strauß, later famous or notorious for his controversial book *Das Leben Jesu* (1835); the talented but ill-fated young poet Wilhelm Waiblinger; Ludwig Amandus Bauer, co-creator with Mörike of the imaginary island of 'Orplid'; Wilhelm Hartlaub, the closest and most devoted of all his friends; and the musicians Ernst Friedrich Kauffmann and Louis Hetsch, to whom *Mozart auf der Reise nach Prag* was dedicated.

It was the precocious young Waiblinger who directed Mörike's attention to Shakespeare and to the most prominent writers of the German Romantic period, Jean Paul Richter (1763–1825), Tieck (1773–1853) and Novalis (1772–1801). But though born into an age of Romanticism, Mörike did not neglect the classics. Among the ancient writers Homer was the most admired, but he also read Theocritus and Anacreon, Catullus, Tibullus and Horace. He carefully studied the classical works of Goethe, especially *Wilhelm Meister, Iphigenie auf Tauris*, and (repeatedly) the correspondence with Schiller. He appreciated Hölderlin, loved Hölty, and was an enthusiastic admirer of the witty, sceptical and sometimes profound Lichtenberg. Such was the catholicity of his taste.

Mörike himself was no musician—the only instrument he was ever known to play was a jew's harp—but he was interested in music, and his interest was fostered by his friendship with Kauffmann and Hetsch and with Hartlaub, an excellent pianist. Mozart was his favourite, and again and again he attended performances of Mozart's operas, especially *Don Giovanni*. In the end this opera became so loaded with associations for him— with memories of the brothers, sisters and friends in whose company he had heard it—that he could no longer bear to see it performed. But it always remained for him, as for E. T. A. Hoffmann, "die Oper aller Opern".

Mörike was also interested in the visual arts, and his numerous sketches and water-colours show considerable talent. But, unlike Goethe and Gottfried Keller, he never seems to have seriously contemplated adopting painting as a profession. He knew that it was in literature—in poetry—that he had to prove himself.

Only one poem written during his schooldays in Urach— *Erinnerung*, an expression of his love for his cousin Klara Neuffer—was thought worthy to be included in the first published collection of Mörike's poems. It was not till he was a student in Tübingen that Mörike began to write more freely, producing a series of lyrical masterpieces unparalleled in Germany since Goethe's youth (for the equally fine poetry of Hölderlin belongs to quite a different category). This great awakening of his poetic talent was at least partly due to his romantic and painful adventure with Maria Meyer. She was a Swiss girl of

enchanting beauty, fascinating everyone who saw her, but
apparently a homeless vagrant. A Ludwigsburg brewer had
found her lying by the roadside in a faint, had taken her home
and had employed her as a barmaid in his inn. It was there that
Mörike, in the Easter holidays of 1823, saw her and fell pas-
sionately in love with her. But such a mysterious and wayward
creature was not likely to win the approval of Mörike's respect-
able family, and soon he himself began to regard her with suspicion. He suspected her of unfaithfulness, of immorality. He saw
in her a deadly amalgam of beauty and sin, and when she
followed him to Tübingen he refused to see her. Torn between
fear and love, accusing himself of cruelty and injustice—and
indeed Maria was probably much less of a sinner than she
appeared to the apprehensive puritanism of the Mörike family—
he let her pass out of his life but never out of his thoughts. She
inspired Mörike's finest cycle of poems, the *Peregrina* cycle, and
also suggested the figure of Elisabeth, the gypsy, in Mörike's
largest work, the novel *Maler Nolten* (1832).

Influenced by Jean Paul's *Titan* and still more strongly by
Goethe's *Wilhelm Meisters Lehrjahre*, *Maler Nolten* is nevertheless substantially original and must be regarded as an extra-
ordinary achievement for a writer who was not yet thirty. Its
prevailing tone is tragic and fatalistic. It embodies the most
precious experiences of Mörike's youth, includes the "dramatic
phantasmagoria" *Der letzte König von Orplid*, and is adorned by a
series of interspersed lyrics immeasurably superior in value to
those that have appeared in any other novel with the exception
of Goethe's *Lehrjahre*.

Towards the end of 1826 Mörike had completed his studies in
Tübingen and had begun his career in the Lutheran ministry.
For more than seven years he acted as curate in a succession of
Swabian villages—Oberboihingen, Möhringen, Köngen, Scheer,
Plattenhardt, Owen, etc.—until, in May 1834, he was appointed
Vicar of Cleversulzbach, a position which he held for nine years.
To Mörike the profession of clergyman was profoundly dis-
tasteful. "Alles, nur kein Geistlicher!", he cries in a letter to
Mährlen (February 1828), and a year later he writes to the same
friend (26th March 1829): "Ich sage Dir, der allein begeht die
Sünde wider den heiligen Geist, der mit einem Herzen wie ich

der Kirche dient." Not that Mörike was by any means a bad clergyman. He was naturally inclined to piety; his religious poems show him capable not only of reverence but of fervour; and his parishioners loved him for his true humanity and kindness. But, as he shows clearly enough in his friendly comments on Strauß (letter to Vischer, 13th December 1837), he did not really share the simple literal faith of his flock. When his elder sister Luise, whom he dearly loved, was on her death-bed, she asked him whether he too had faith in the Saviour, and he confesses that he "leider nicht frischweg antworten konnte" (letter to Lotte Späth, 3rd April 1827). This may partly explain the extreme difficulty he experienced in preaching—a difficulty which often induced him to borrow his sermons ready-made from his friend Hartlaub. But the explanation is also partly to be found in his chronic ill-health—he suffered from rheumatic and nervous disorders—and in a certain indolence, or *vis inertiœ* as he preferred to call it, to which he was persistently subject (Maync, p. 268).[1] Often he was sorely tempted to abandon his profession and seek some more congenial way of earning a living. But he had no talent for money-making and was soon driven to the realization that, as the world is constituted ("wie nun eben die Welt ist!", letter to Mährlen, 20th December 1828), a curacy or vicarage offered him the best hope of achieving his literary ambitions.

These ambitions, however, had to be moderated. Mörike was well aware that a universal poet such as Shakespeare or Molière requires a London or a Paris—at any rate a wider field of activity and observation than a Swabian village. His decision to abide by his profession was therefore in more than one sense an act of resignation entailing bitter consequences for him. However keenly he appreciated the idyllic setting and surroundings of his parish, however bravely he tried to keep up his spirits by means of humour, persiflage and bizarrerie, by escape into a fairy world of fantasy or by exploration of the grosser manifestations of the supernatural—for several months he kept an exact record of the

[1] In the introduction and notes to this edition Maync's biography and other important writings on Mörike are referred to only by the name of the author and the page number. For the full titles and dates of these works the reader is referred to the Select Bibliography.

activities of a ghost which, as he firmly believed, was haunting the parsonage in Cleversulzbach—one feels, underlying all these diversions, a longing for something less shallow and trifling. It shows itself in his admiration for Napoleon, and still more in the enthusiastic outburst with which he greeted the revolution of 1848—"Wer hat sich in diesen paar Wochen nicht größer als sein ganzes Leben lang empfunden!" (letter to Wilhelm and Constanze Hartlaub, 24th March 1848). And in the Mozart Novelle too, behind and beyond the graceful and playful description of an urbane society, we shall find the same inextinguishable aspiration towards grandeur, sublimity and eternity. Mörike accepted his fate with courage; he set himself to make the best of the rather limited and provincial sphere which had fallen to his lot. But his portraits in later years, the woebegone expression and the drooping lines about the mouth, show how much he must have suffered.[1]

Even the consolation of a happy domestic life was denied him. After the 'Sturm und Drang' of his passion for Maria Meyer, he seemed to have found in Luise Rau a girl whom he could love with an equally intense but steadier fire. And in August 1829, only a few months after their first meeting, Luise became engaged to him. She inspired some of his finest lyrics, and the letters he addressed to her are perhaps the most beautiful love-letters in the German language. Mörike could truly say of them (letter to Hartlaub, 19th December 1837): "Du [wirst] daraus sehen, daß ich das Mädchen unsäglich liebte. Es ist desfalls auch nicht *ein* falscher Hauch darin."

Unfortunately, Luise's diffidence and Mörike's obvious unhappiness in his profession resulted in the breaking of the engagement (October 1833). Henceforth his younger sister Klara regularly stayed with him and helped him to keep house—until, in November 1851, he married Margarethe von Speeth. But here too there were difficulties. Margarethe was a Catholic. Mörike's Protestant friends disapproved of the mixed marriage, and tension also arose between Margarethe and Klara, from whom Mörike would not be parted. Though Margarethe bore

---

[1] Cf. the frontispiece to this edition. The melancholy of Mörike's expression is still more evident in F. Brandseph's photograph of 1864 and in Luise Walther's pastel of 1874.

him two daughters, it eventually came to a separation, and it was only when Mörike was on the point of death that reconciliation was possible.

Meanwhile Mörike had long since abandoned the ministry, having been pensioned owing to ill-health in September 1843. From time to time he was able to earn some money by his literary activity. But his poems, the first collected edition of which was published in 1838, and the best of his Novellen—*Lucie Gelmeroth* (1839) and *Mozart auf der Reise nach Prag* (1855)—were appreciated only by the most discerning readers; and of his other writings only the *Idylle vom Bodensee* (1846) and *Das Stuttgarter Hutzelmännlein* (1853), containing the pleasant "Historie von der schönen Lau", could gain much popularity. From 1851 to 1866 Mörike was able to supplement his meagre income by giving lessons on German literature in a girls' school, the 'Katharinenstift' in Stuttgart. But he never succeeded in freeing himself from financial difficulties, and he died almost as poor as his hero Mozart, leaving a total fortune of only 800 gulden (approx. 80 pounds).

"Wie wenn ein schöner Junitag dahin wäre"—that is how his death appeared to Gottfried Keller; and other eminent writers— Theodor Storm, Paul Heyse, Emanuel Geibel, Friedrich Theodor Vischer—were equally warm in their appreciation. There had been times, indeed, when Vischer had felt that Mörike's later work did not quite fulfil the splendid promise of his youth. And it is perhaps true that, hampered as he was by ill-health and straitened circumstances, Mörike was not as free as he should have been to keep pace with the intellectual and artistic development of the nineteenth century. His hostile allusion to Wagner and Liszt in *Mozart auf der Reise nach Prag* (p. 58) is really only indicative of the limitations of his own experience. He seems unaware of Chopin, Schumann, Brahms, Verdi; and his musical interests are in fact concentrated on the eighteenth century and the classical period. Similarly, in spite of his painter's eye, he is evidently unconscious of the great progress of nineteenth-century painting in France. As he grew older his mind tended to dwell more on the past than on the present, and there is a sad significance in the fact that he spent so many of his later years—from 1859 until his death—in an abortive attempt to rewrite the great novel of his youth, *Maler Nolten*. He could still occasionally produce such magnificent poems as *Auf eine Lampe* (1846), challenging comparison with Keats's *Ode on a Grecian Urn*, or *Erinna an Sappho* (1863). But these were isolated successes, and in prose he was even less productive than in verse. [*Mozart auf der Reise nach Prag*, published some twenty years before his death, was the last prose work that he succeeded in completing.]

Genesis of 'Mozart auf der Reise nach Prag'

[It is not definitely known when Mörike first thought of writing a Novelle about Mozart, but it was certainly not later than 1847] as is shown by the following passage from Hartlaub's letter to him of 8th June of that year:

> Ich glaube auch gar nicht, daß man eine wahrhaft genußreiche Biographie von Mozart machen kann. Ja, ein Fragment Dichtung aus seinem Leben, wie Du einmal im Sinn hattest, würde tausendmal befriedigender sein.

But long before that date Mörike had been unconsciously gathering the experiences which were finally to be incorporated into the Novelle. His correspondence shows him to have been an enthusiast for Mozart from his early Tübingen years, and a letter to Mährlen of March 1825 goes far to explain how Mozart's *Don Giovanni* had become associated in his mind with presentiments of death: it tells how his favourite brother August had suddenly died only a few days after attending a performance of *Don Giovanni*. Even more important is a letter to Hartlaub of 20th March 1843 describing a visit to Strauß and his wife Agnes, a famous opera singer, in Sontheim (near Heilbronn). The composer Kauffmann accompanied Agnes on the piano as she sang Mörike's *Der Gärtner*, Goethe's *Erlkönig*, and finally excerpts from *Don Giovanni*. The whole situation strongly resembles, and has obviously influenced, the descriptions in the Novelle of the musical performances in the palace of Count Schinzberg. The resemblance extends even to diction. In the letter we read: "Die Strauß sang stellenweise, ungebunden, aus der Erinnerung mit"; in the Novelle (p. 53): "[Mozart] sang stellenweise darein, wie es kam und sich schickte". In the letter Mörike comments on Frau Strauß's singing of *Der Gärtner*: "Was will ich davon sagen? Es gab den Eindruck der Vollkommenheit und sättigte die Seele". In the Novelle Mozart comments on Eugenie's singing of Susanna's aria (p. 23): "Was soll man sagen, liebes Kind . . . glauben Sie mir, unsereinem in Wien begegnet es nicht jeden Tag, daß er so lauter, ungeschminkt und warm, ja so komplett sich selber zu hören bekommt". But it is probably the portrayal of Constanze rather than of Eugenie that has been most strongly influenced by Mörike's recollections of Agnes Strauß. Agnes is described as having equally at her command "den Ausdruck des Heroischen und Lieblichen"; Constanze's voice is said to have been "so stark als lieblich" (p. 53). And the words of the letter characterizing Agnes—"natürlich-munter, herzlich, resolut"—are no less applicable to the Constanze of the Novelle.

Directly after his account of the rendering of *Don Giovanni* by Kauffmann and Agnes Strauß Mörike proceeds to mention Maria Meyer in a manner which suggests that the heroine of his youthful romance had somehow become associated with *Don Giovanni* in what he calls his *"noli me tangere*-Vergangenheit". Apparently Maria and his own passionate love for her now represented for him the "demonic" powers of sin and destruction which figure so impressively in Mozart's opera and which so fascinated his imagination even while his judgment approved of the appalling vengeance they provoke. But these are aspects of his theme which are dealt with rather guardedly in Mörike's Novelle. While inviting our admiration for the desperate courage of Don Giovanni, he makes no explicit reference to that demonic eroticism to which Kierkegaard had devoted so much attention in his study of Mozart's hero (*Either Or*, 1843).

The first definite indication that Mörike was occupied with the composition of the Novelle occurs in a letter to Margarethe von Speeth written in the summer of 1852: "Im Angesicht von Rutesheim geriet ich auf der Spur meiner Novelle stark in Mozartsche Phantasie hinein, wovon ich Klärchen einiges mitteilte, das Ihr künftig an den 'silbernen Posaunen' erkennen und mit jenem Platz zusammendenken sollt" (cf. p. 55, l. 19 ff.).

But the progress of the work was slow and interruptions frequent. There is occasional mention of the Novelle in the letters

of 1853. But it was not till 6th May 1855 that Mörike was able
to submit the manuscript to his publisher Cotta. The letter that
accompanied it is important as stating clearly the aim which
Mörike had proposed to himself in writing the Novelle:

> Meine Aufgabe bei dieser Erzählung war, ein
> kleines Charaktergemälde Mozarts (das erste
> seiner Art, soviel ich weiß) aufzustellen, wobei, mit
> Zugrundelegung frei erfundener Situationen, vor-
> züglich die heitere Seite zu lebendiger, konzentrierter
> Anschauung gebracht werden sollte. Vielleicht daß
> ich später in einem Pendant auch die andern, hier
> nur angedeuteten Elemente seines Wesens und seine
> letzten Lebenstage darzustellen versuche.

He assures Cotta that he had never written anything "mit
mehr Liebe und Sorgfalt", and in his letter of 11th May, also
to Cotta, he justifies his demand for the relatively high payment
of 300 gulden by arguing that, though this might seem an
extortionate price for such a short *prose* work, it would not seem
unreasonable for a work of equal length in *verse*, and his con-
science testified that in this case he had devoted as much care
to his prose—and care of the same kind—as is ordinarily given
to verse. In short, *Mozart auf der Reise nach Prag* is a prose
poem.

It was first published serially in the *Morgenblatt für gebildete
Leser*, Stuttgart, appearing in four instalments in July and
August 1855. The first edition in book form was published in
the autumn of the same year, though bearing the date 1856.
Thus it appeared in good time to be offered as a contribution
to the celebration of the hundredth anniversary of Mozart's
birth (27th January 1756).[1]

Sources

The chief source of Mörike's information about Mozart was the
work by the Russian biographer, Alexander Oulibicheff
(*Nouvelle Biographie de Mozart*, Moscow, 1843; German translation by A. Schraishuon, 3 vols., Stuttgart, 1847). Mörike's

---

[1] Cf. Mörike's letter to King Maximilian II of Bavaria, December
1855.

Novelle follows Oulibicheff not only in its account of the circumstances of Mozart's career, his financial difficulties, his artistic triumphs and setbacks—not only in its description of his habits and idiosyncrasies—but also in its basic conception of Mozart's character. His careless generosity—his tendency to fly from one extreme to another—his gay abandonment and recurring melancholy—his presentiment of death—his sense of humour—his freedom from envy—his ability to relish the common pleasures of society yet soar above them to the loftiest pinnacles of art—his weakness for pretty women—his need to seek relief from the stresses of composition in indulgences which further weakened him—his inevitable self-exhaustion and self-destruction: all these are characteristics which Mörike's Mozart has in common with Oulibicheff's. No wonder Mörike could preface the first publication of the Novelle in the Stuttgart *Morgenblatt* with a quotation from Oulibicheff indicating the point of view from which the character of the hero was to be considered and defending him against the strictures of philistines who failed to understand that the irregularities of his conduct were inseparable from his unique achievement (cf. p. 62, note on Title Page). It is perhaps regrettable that in subsequent editions of the Novelle Mörike suppressed that quotation; for though it may be true, as Mautner argues (p. 207), that it is artistically preferable to let the reader discover the moral of the story for himself, the retention of the 'motto' would have been a graceful acknowledgment of Mörike's undeniable obligation to Oulibicheff.

Mörike also consulted the earlier biography by Franz Niemetschek (Prague, 1798), but, as he tells us, deliberately refrained from reading the bulkier work by Nissen (Leipzig, 1828) until the Novelle was in all essentials complete: "Halb aus Indolenz, halb aus instinktmäßiger Sorge, mir mein innerliches Konzept dadurch zu verrücken, hatte ich mir das Werk nicht kommen lassen und habe wahrscheinlich wohl daran getan" (letter to Hartlaub, 19th June 1855).

Not that that "innerliches Konzept" had been formed, as critics are too inclined to assume, by some mysterious process of poetic intuition. It was based partly, as we have seen, on the biographical literature even if Nissen's work was ignored; partly on the study of Mozart's letters; partly on traditional gossip. But Mörike's life-long familiarity with Mozart's music no doubt contributed to the intimacy and vividness of his idea of the composer, and, having a natural affinity with Mozart, he could often draw upon his own feelings and experience for convincing traits in the portrayal of his hero. His account of Mozart's method of composition is obviously based largely on his own artistic practice.

Mörike is often careless in unimportant matters of biographical detail—some of these slips will be indicated in the notes to this edition—but one can hardly doubt the essential truth of his characterization of Mozart. Even a professional musicologist such as Hermann Abert—one of the most distinguished authorities on Mozart's life and work—could say of *Mozart auf der Reise nach Prag*:

> Gewiß ist so ziemlich alles Tatsächliche darin frei erfunden und auch im Charakterbild Mozarts mancher Zug dem romantischen Ideal angepaßt. Und doch hat hier das Auge des Dichters in das Wesen dieser Künstlerseele einen weit tieferen Blick getan als die Biographen, die sie über dem Sammeln und Analysieren geschichtlicher Tatsachen ganz aus den Augen verloren.[1]

Structure

Mörike, however, is not a biographer or an essayist; his view of his hero is not presented analytically or discursively, in critical or in historical terms. As we have seen, his aim was to bring certain aspects of Mozart's character to "lebendiger, konzentrierter Anschauung"—not to dissect Mozart but to let us see him as a living human being: in conversation with his wife Constanze, mixing in congenial society, enchanting his hearers with his music, meditating on the problems of his life and his art. This aim could be achieved only in the form of the Novelle. Mörike concentrates on a single day of Mozart's life, and allows his conception of his hero to emerge from the fictitious words and incidents of that particular occasion. There are no momentous events to be related. Indeed, so little happens in

[1]H. Abert, *W. A. Mozart*, 7. ed., Leipzig, 1956, vol. II, p. 346.

the story that some readers may be inclined to question Mörike's right to call it a "Novelle". Nevertheless there *is* that "unheard-of happening"—"eine sich ereignete unerhörte Begebenheit"—which, according to Goethe's famous definition (Eckermann, 29th January 1827), constitutes a Novelle. We are told how Mozart, resting from his journey at a village near the Bohemian border, wanders into the garden of Count Schinzberg and absent-mindedly plucks an orange from a tree that is being carefully preserved for the celebration of the betrothal of the count's niece Eugenie. When the distrait composer allows himself to touch the precious fruit it gently comes away in his hand; and from this almost imperceptible beginning, this deliberately unobtrusive complication, all the remainder of the story follows. As a result of the mishap, Mozart and Constanze are introduced into the castle and spend the evening in the society of the count's family and friends. The need to explain his misadventure induces Mozart to relate his reminiscences of Naples, and leads to a mention of *Don Giovanni* which prepares the way for Mozart's and Constanze's performance of excerpts from that opera and for the solemn forebodings associated with it. The plucked orange also provides an occasion for telling the story of the venerable tree which has been in the possession of the count's family since the times of Louis XIV and which seems to symbolize the baroque and rococo culture of the seventeenth and eighteenth centuries. If the true classicist is the artist who can make much out of little—who can develop a grand organic structure out of a single seed—then the admirable skill with which Mörike derives his story from such an inconsiderable incident may well be called classical.

The fact remains that the 'plot' of *Mozart auf der Reise nach Prag* is extremely tenuous, and important only in so far as it provides an occasion for Mörike's 'Charaktergemälde' of Mozart and his age. One would be disappointed if one were to expect the arresting opening, the breath-taking development, the decisive catastrophe so frequently to be found in the Novellen of Kleist, Keller and C. F. Meyer. And it is probably because Mörike's story is not marked by such clear-cut events that critics have been rather at a loss how to interpret its structure. For a long time the view prevailed that Mörike's novelistic technique was at fault, that his story lacked the clear rounded form which a Novelle ought to have—"seine Darstellung ist nicht geschlossen, sondern offen und locker gehalten" (Mayne, p. 454). Gundolf's characterization of the work as an "arabesque"[1]—the word 'arabesque' being understood as "an endless succession of separate phenomena in a free play of the imagination unrelated to a centre"—likewise suggests a rambling, formless concatenation of episodes. More recently, critics such as Erich Hofacker and Karl Konrad Polheim have insisted that the composition of the Novelle conforms to an elaborate symmetrical plan, though they have not been in agreement as to what the plan is. We shall be well advised to avoid both extremes: we should neither assume that *Mozart auf der Reise nach Prag* is amorphous and technically weak—it is in fact a masterpiece of narrative skill—nor impose on it a rigid schema which was probably far from Mörike's thoughts and indeed foreign to his sensitive and pliant genius. What we may safely affirm is that the Novelle falls into four parts—or possibly five if one prefers to regard the epilogue of the last few pages as a separate section—, the limits of these divisions having been clearly indicated by Mörike himself. The first introduces Mozart and Constanze to the reader, analysing their problems and recording their conversation up to the point where their fantastic day-dreaming dissolves into "hellen Mutwillen, Lärm und Gelächter" (p. 15). The second—by far the longest part—describes Mozart's adventure in the orangery and the ensuing conviviality in the count's castle until the moment when the increasing hilarity of the party finds expression in dancing and Mozart claims the promised kiss from the lips of the bride (p. 40). In the third part Constanze tells the story of Mozart's exploits in the "Alser-Vorstadt" and how he came to purchase the salt-cellar which she now proposes to present to Eugenie (p. 51). In the fourth part (pp. 52–59) the Novelle rises to the highest level of poetic eloquence in its description of Mozart's and Constanze's performance of excerpts from *Don Giovanni*, including the grandest and most dramatic passages of the finale. This section was typographically separated by Mörike from the remaining pages of the Novelle (pp. 59–61), referred to above as the "epilogue",

[1] F. Gundolf, *Romantiker*, Neue Folge, Berlin, 1931, p. 242.

which describe the mood of the count's family and friends and especially the feelings of Eugenie after the departure of Mozart and Constanze. In one sense, therefore, the epilogue is certainly a separate (fifth) section, but in theme and atmosphere it may be regarded as a continuation and development of the fourth.

Perhaps the best approach to the Novelle is that which was first suggested by Hermann Kurz[1]—to think of it as "eine gedichtete Symphonie", in which each of the four sections, like a symphonic movement, has its distinctive tone and atmosphere, the whole being concluded by a coda (the epilogue) leading to a lyrical ending in the poem "Ein Tännlein grünet wo . . .". And just as the movements of a symphony may be more or less related to each other, tonally and thematically, so a closer or more distant relation will be found to obtain between the four 'movements' of Mörike's Novelle. The first is most closely related to the third, both being in a rather neutral tone, wavering between gaiety and disquiet. The second movement, with its exuberant social joviality, and the fourth, with its suggestions of tragic sublimity, are in direct contrast to each other, a contrast which is softened and mediated by the equivocal character of the third. The 'coda' is an extension of the fourth movement in a modified tonality.

Throughout the work there are certain persistent themes— one might call them 'Leitmotive'—which are continually varied, combined and contrasted in the contrapuntal texture of the Novelle. Though the first section is predominantly cheerful, the sombre themes of Mozart's poverty and premonitions of death are already sounded. In the second section these strains are almost completely silenced by the cheerful sounds of the festivities. It is here that Mörike offers us his most elaborate description of rococo society, and he paints the picture in the brightest colours. The prevailing mood is that of *Figaro*, of the *elegantly* beautiful piano concertos (cf. p. 24), and of the gayer scenes of *Don Giovanni*. Indeed, so completely does this section conform to Mörike's professed intention of emphasizing "die heitere Seite" of Mozart's character that a superficial reader might be tempted to think the characterization unbalanced

[1]Paul Heyse and Hermann Kurz, *Deutscher Novellenschatz*, 1871, vol. 4, p. 267.

and the hero presented in a too frivolous light. An attentive reading of the whole Novelle will correct this false impression and will excite admiration for the comprehensiveness and complexity of the psychological analysis achieved in such a brief space. Even within the second section itself, Mozart's rather hectic and intemperate gaiety has something ominous about it and to more thoughtful readers will suggest sadness rather than levity. This is precisely the effect Mörike was aiming at. He remarks in a letter to Hartlaub (summer, 1855) that when he read the Novelle aloud to a circle of friends he was particularly pleased with the comment of Karl Wolff—"er sei, sagte er, ungeachtet der vorherrschenden Heiterkeit, *oder vielmehr durch die Art derselben*, aus einer wehmütigen Rührung gar nicht herausgekommen. Das ist es aber, was ich eigentlich bezweckte" (editor's italics). It is admirably characteristic of Mörike's plastic imagination that he is never content with a mere abstract statement of his hero's qualities but is always impelled to let us see them in action. It is not enough for him to refer to "den geheimnisvollen Wegen, auf welchen das Genie sein Spiel bewußtlos treibt" (p. 8); in the story of the adventure in the orangery and of the aquatic sports in Naples he gives us a concrete example of the way the 'fleeting impressions' of genius are transformed into an artistic masterpiece. And similarly, Mozart's carefree participation in the celebration of Eugenie's betrothal is a living instance of that reckless generosity, that suicidal squandering of his vital force which, as Mörike has already told us in abstract terms (p. 7 ff.), was both his glory and his ruin.

While the first and second sections are imbued with the cheerful atmosphere of morning and afternoon, in the third section the autumn evening is falling—"Die letzten Strahlen der herbstlichen Sonne funkelten rötlich durch das Weinlaub herein" (p. 40)—as Constanze begins to tell the story of Mozart's chivalrous defence of the locksmith's sweetheart Kreszenz; and this is appropriate in a section where, notwithstanding some humorous passages, the themes of poverty, sickness and imminent death begin to reassert themselves and the melancholy undercurrent is felt more strongly.

The fourth section, with its description of Mozart's and

Constanze's rendering of the *Don Giovanni* music, carries us
far away from the mannerisms of rococo and from the mundane
cares of existence into the world of eternal art—the world of
Macbeth and *Oedipus*. It is already late in the evening when
Mozart and Constanze begin their recital, and the night in
Count Schinzberg's palace almost coalesces with the night in the
churchyard where Don Giovanni issues his monstrous challenge
to the statue of the dead Commendatore. It is after midnight
when Mozart reaches the end of the grand and terrible "dibattimento" between the avenging apparition and the doomed but
undaunted libertine. Only then, when the music ceases and
Mozart recalls the circumstances of its composition, is he
reminded of the fateful relation of that music to his own life,
and his haunting presentiment of death becomes openly
dominant.

The scene of the Mozarts' departure from the castle restores
us to the cheerful atmosphere of the morning, and the description of the carriage presented to Mozart by the grateful count,
corresponding to the description of the carriage at the beginning
of the *Novelle*, rounds off the account of Mozart's visit and
contributes to the satisfying form of the work. But in the elegiac
epilogue the theme of the transience of life and beauty is again
taken up and persists with increasing force to the end of the
Novelle. It is not only the thought that "in the midst of life we
are in death"—*mediâ in vitâ in morte sumus*—the awesome
thought of the poem *Erinna an Sappho* that the spirit animating
the most beautiful form can be so easily separated from the
'living senses'. There is also the suggestion that the greater and
finer the spirit is, the more inevitable is its destruction. Goethe
in *Torquato Tasso*, Grillparzer in *Sappho* had shown the tragic
failure of a great artist to live according to the ordinary standards
of mankind. "Muß nicht alles leiden? Und je trefflicher es ist,
je tiefer!" had been the problem of Hölderlin's *Hyperion*; and
Platen had cried: "Wer die Schönheit angeschaut mit Augen,/
Ach, er ist dem Tod anheimgegeben!" Similar reflections are
prompted by *Mozart auf der Reise nach Prag*. When Eugenie
closes the piano and jealously locks it lest the keys should too
soon be touched by another hand than Mozart's, she knows
that she has said goodbye to a man such as the world would

never see again, and who, precisely because of the unparalleled beauty and fertility of his genius, could find no resting place on earth but was doomed to premature death.

Style

But if the mood and atmosphere of the main divisions of the Novelle are thus largely determined by subject-matter or themes, they are also influenced by Mörike's style. By far the greater part of the work is written in a deliberately informal manner, in the easy unpretentious tone of ordinary conversation. The spontaneous flow of the language often sweeps aside the rigidities of German grammar and results in sentence-structures which, as Farrell remarks (p. 57), are more like English than German. Thus the present participle, normally rather restricted in German, is occasionally used with English freedom—"Er traf Madame Mozart, mit der Wirtstochter plaudernd, vor dem gedeckten Tisch" (p. 22); "Dann weiteres anlangend, so macht es seinen ökonomischen Begriffen alle Ehre . . ." (p. 46). And the position of adverbs in relation to subject and predicate often conforms to English rather than to German usage: "Mozart, nachdem man ausgestiegen, überließ wie gewöhnlich der Frau die Bestellung" (p. 15); "Die munterste hierauf nahm eine Rose vom Busen" (p. 27); "Vornehmlich hab ich oft bemerkt, wie . . . ehrsame Bürger da und dort truppweis beisammen stehen im Gespräch" (p. 41). As Farrell also remarks in his helpful discussion of the style of the Novelle, Mörike often seems to construct his sentences simply by adding phrase to phrase just as each one occurs to him without envisaging the sentence as a whole. The result is a series of expressions only loosely related to one another by apposition or co-ordination, each having its interest and importance in itself rather than as a functional component of the sentence: "Eine Weise, einfältig und kindlich und sprützend von Fröhlichkeit über und über, ein frischer Busenstrauß mit Flatterband dem Mädel angesteckt, so mußte es sein" (p. 30). This, of course, is in accordance with the usual manner of conversation and helps to produce the familiar conversational tone Mörike is aiming at. But we may also agree with Farrell that such a style is natural to Mörike, whose peculiar talent inclines him to passivity rather than to activity, who is intent on the perception and adequate rendering of fine impressions rather than on doing and changing things,[1] in whose style, therefore, the descriptive elements—adjectives, adverbs and substantives—tend to predominate, while the verbs are often weak and colourless or are even omitted altogether (Farrell, p. 58).

Diction too contributes to the air of negligence in Mörike's style. The occasional Italian expressions—"per Dio!" "una finzione di poeti", "basta", "brava", "maledette", etc.—are natural enough on the lips of a composer so familiar with Italy and with Italian music as Mozart was; and the even more numerous French words are characteristic of polite society in the eighteenth century. But there are also many colloquial and dialect phrases—"zwei wienerische Nos'n", "Backhähnl", "halter", "nehmen's nur", "gelten's", "auf was Art", "zu was Zweck", "Dingerl wie die Federspulen", "als wie in einer Kirche", "vielleicht gar so ein Welscher", "daß du fortschliefst wie eine Ratze", "es ging stark auf viere", etc.—which are calculated to keep the tone of the conversation at the most everyday level. Mörike's Mozart is anxious above all things to avoid any suspicion of pretentiousness or false exaltation in his language. He shuns preciosity like the plague, and would rather use a coarse expression than a spuriously 'poetic' one. In his allusions to himself and to his experiences he is habitually restrained and ironical. He refers to the Neapolitan water-pageant, the description of which so entrances the company at the castle, as a "Posse" (p. 28); he is content to call his brilliant inspiration for the Zerlina-Masetto duet "ein ganz verteufelt niedliches Ding" (p. 30); he describes the grandest scene that up to that time had been achieved in opera as a "tüchtigen Felsbrocken" (p. 57). In short, he is, as Count Schinzberg calls him, "der bescheidene klassische Mann" (p. 24). Mautner (p. 206) argues that this modesty is a characteristic of the so-called 'Biedermeier' culture of mid-nineteenth century Germany:

> Das Biedermeier seinerseits, im Kunsthandwerk
> Erbe des Empire-Stils, in der Literatur bescheidener

---

[1] Notice how Mörike ascribes to Mozart his own artistic passivity, his own absolute dependence on inspiration: "Weil man nun im geringsten nichts erzwingen soll . . ." (p. 30).

gewordene, in sich zurückgezogene Klassik, bevor-
zugt wo immer möglich die leiseste Behandlung. Bei
Mörike, als wäre er müde des romantisch-artistischen
Raffinements und des jungdeutschen Phrasenreich-
tums, haben sich diese Prinzipien zu einer Meister-
schaft in gedämpfter Sprechweise, im *understatement* im weitesten Sinn, verbunden.

But we must not forget that this predilection for understatement
and ironic modesty, the abhorrence of hollow heroics and loud-
mouthed presumption, was equally characteristic of the eighteenth century 'Aufklärung' and of rococo culture. We may see it
in Lichtenberg's sarcastic comments on the would-be 'geniuses'
of the 'Sturm und Drang', in Lessing's modest refusal to describe
himself as a poet, and equally in the writings of the historical
Mozart—for example in the letter to his father of 13th October
1781, where, after some deeply interesting remarks on the art
of the opera composer, he characteristically adds: "Nun habe
ich Ihnen, dünkt mich, genug albernes Zeug daher geschwätzt."
It was Romanticism and the pre-Romantic 'Sturm und Drang'
that were mainly responsible for encouraging the vice of extravagant and intemperate language, and when, in the course of the
nineteenth century, the influence of Romanticism began to
weaken, it was only natural that there should have been a
revulsion of feeling in favour of the comparatively moderate
and restrained style of the Enlightenment—a revolution in
taste which could only be of advantage to Mörike in his portrayal
of Mozart.

The colloquial tone of Mörike's style is perhaps most percept-
ible in the first and third sections of the Novelle, which deal with
Mozart's material problems and domestic difficulties. In the
second section, where the well-ordered appurtenances and
conventions of rococo society are described, there are also to be
found—notwithstanding the familiar freedom of the conversation—many passages that have a distinctly classical flavour.
Critics have noticed the frequent use of expressions which were
much favoured by the older Goethe and have consequently
acquired classical associations—"die *schicklich* ausgeteilten
Plätze" (p. 25), "ein weißes Band mit *edlen* Perlen" (p. 22),
"herkömmlich" (p. 25), "anständig" (p. 32), "sein *reinlichst*
geschriebenes Notenblatt" (p. 32). And typical of the classical

preoccupations of eighteenth-century baroque and rococo are, of course, the allusions to Greek and Roman mythology and the quotation from Horace (p. 37). Mautner (p. 204) rightly observes that in the prose of the ostensible paraphrase of Max's poem (p. 35 f.) one can even feel something of the rhythm of the classical hexameter: "Apollo von weitem vernimmt die Stimme der Tochter", "kindliches Grün zusehends mit der Farbe des Goldes vertauschend".

It is in this second section that we find the most notable example of symbolism in the Novelle: the tree from which Mozart plucks the fatal orange, and which Max compares with the famous tree of the Hesperides, is not only associated with Italy and the South but also—having been a gift of Madame de Sévigné—with all the culture of that *ancien régime* which, as Mörike so delicately intimates (p. 34), was at the time of Mozart's journey only a few years removed from its spectacular destruction in the French Revolution. As we follow the story of that long-lived tree we not only sense the meteoric passing of an inimitable genius but also the impending doom of an entire period of European history and culture.

The orange-tree is not the only symbol in the Novelle. The atmospheric suggestions of the words "Im Herbst", with which the Novelle begins, are perhaps another example, and the candle burning out in Mozart's hand (p. 56) certainly is. But critics have been too eager to recognize symbols where probably none are intended. Even Farrell, in his otherwise sound and illuminating study of the work, is perhaps open to this criticism. In the silver handle of the pocket-knife with which Mozart cuts the orange Farrell (p. 36) sees a suggestion of the "nocturnal quality" of Mozart's music—in the rushing water of the fountain an allusion to "the flow of creative sources" in the artist (p. 35). The *round* dining-room of the castle he regards as possibly an image of "the circle-like character of Mozart's musical figures" (p. 27), while Polheim (p. 65) sees it as "ein Sinnbild für den Einklang unseres Dichtwerkes".[1] Even if we could be sure that

[1] Mörike's description of Count Schinzberg's castle was probably modelled on the Regensburg castle of J. J. Pürkel, which in Mörike's letter to Hartlaub of 17th October 1850 was said to have "ein *rund* ausgeschweiftes Avantkorps, welches den Speise- und Tanzsalon

the alleged associations are not utterly fanciful, it is difficult to see how they could add to the power or beauty of the Novelle. Are they not rather trifling and pointless, and would not Mörike lose rather than gain in stature if we could think him capable of intending them?

As we noticed in discussing the thematic material of the Novelle, the fourth section, with the epilogue, is at a different level from that of the earlier sections; and in these concluding pages—the grandest and most serious in the Novelle—Mörike's style is correspondingly transformed. Here, in the description of the *Don Giovanni* music, in Mozart's comments on it, and in the closing reflections of Eugenie, Mörike's style sheds its colloquialisms and classical reminiscences and becomes the pure language of his finest poetry. Having to describe a work that ranks with the greatest art of all ages, Mörike calls upon his lyrical genius for a flow of imagery and eloquence worthy of the occasion. And his lyrical genius does not fail him.

Critical Observations

Some of the more recent writers on Mörike seem to think that *Mozart auf der Reise nach Prag* is a faultless work of art and that it would be sacrilege to criticize it. But we should remember that Mörike himself cared nothing for undiscriminating praise— "ein motivierter Tadel, das versicher' ich Dir, hat mehr Wert für mich, als ein allgemein gesagtes Lob", he wrote to his brother Karl (6th December 1831)—and our respect for his work will be all the greater if it can survive the most searching criticism.

Maync's objection (p. 452) that the Novelle contains too much "Tatsächliches"—purely biographical or historical material—will hardly carry much weight if it is remembered that Mörike's portrait of Mozart was not intended to be independent of the historical reality but rather to convey its quintessence. Poetry and biography, artistic and historical presentation, are therefore not in conflict in this work but are combined in the unity of Mörike's conception. Nor, as we have already

---

bildete" (my italics). Thus it would seem that the word "rund" in the description of the count's "Speisesalon" merely reflects Mörike's recollection of the round dining-hall he had seen in Regensburg.

observed, can it be agreed that Mörike's novelistic technique is deficient. It is true, as Maync complains, that Mörike "auch in dieser Novelle nichts von jener Objektivität [weiß], hinter welcher der Dichter verschwindet, sondern verkehrt gern persönlich mit dem Leser, dem er seine "harmlose Erzählung" vorträgt". But modern readers are not likely to admit that there can be only one right attitude for the story writer—the attitude of self-effacing objectivity. They will rather feel that the writer may properly vary his method according to his purpose, the rightness or wrongness of his procedure being determined only by the total effect. Mörike may sometimes interrupt the narrative and address the reader in an apparently very naïve manner—e.g. p. 44: "Haben wir Frau Constanze bis hieher in der Erzählung abgelöst, so können wir auch wohl noch eine kleine Strecke weiter fortfahren"—but he thereby gains the freedom to switch back and forth between narrative in the third person and reminiscences in the first, between the objective standpoint of the 'omniscient' narrator and the personal standpoint of his hero or of Constanze. Students will find it instructive to consider when and why Mörike changes over from one to the other. It will be seen that he always has a good reason for his choice, and that the incidents of the story are invariably presented from the most advantageous point of view. The delineation of the minor characters is likewise carefully designed to serve the purposes of the whole composition. For example, in addition to the sensitive and thoughtful Eugenie—of all the persons in the story the one who is most akin to Mozart and who understands him most deeply—Mörike judiciously introduces the witty and cheerful Franziska, not only in order to brighten the tone of the narrative, but to facilitate the flow of the conversation and achieve a freedom of expression which is impossible for the more reserved Eugenie.

A criticism deserving closer attention is implied in Theodor Storm's remark on the description of the Neapolitan watergames. Storm, in company with Hartlaub, had the privilege of hearing the Novelle read aloud by Mörike himself. After mentioning Hartlaub's enthusiastic reaction, Storm goes on: "Ich selbst freilich war von dieser Meisterdichtung, in der mir nur eine Partie, die mit den Wasserspielen, weder damals noch später hat lebendig werden wollen, nicht weniger freudig ergriffen".[1] On such a question the opinion of a writer like Storm—himself a master of the art of the Novelle—cannot be dismissed lightly, and on further consideration will perhaps seem better founded than recent critics have been willing to admit. It is true that the description of the water-games is an integral part of the work, but it does not necessarily follow that Maync was right in thinking it "entzückend" and Storm wrong in finding that it does not properly come to life. Is there not something rather sugary and pretty-pretty, and at the same time artificial, in this picture of ideally handsome youths tossing oranges (or rather painted balls) to a bevy of alluring damsels? No doubt such pageants and fêtes were very much in vogue in the baroque and rococo periods, and the scene is therefore appropriate in a Novelle that is concerned not only with Mozart but with the culture and atmosphere of his age. In other words, the description could have been cheerfully accepted as a period piece. But one has the impression that much more is being claimed for it, especially when Eugenie whispers to the baron (p. 30): "Mir deucht . . . wir haben hier eine gemalte Symphonie von Anfang bis zu Ende gehabt, und ein vollkommenes Gleichnis überdies des Mozartischen Geistes selbst in seiner ganzen Heiterkeit! Hab ich nicht recht? Ist nicht die ganze Anmut 'Figaros' darin?" Reluctant as one may be to disagree with such a charming young lady, one feels impelled to exclaim: "Nein, mein Fräulein, Sie haben *nicht* recht!" Here, for once, Mörike has departed from the rule of understatement and has come perilously close to presumption. He can be saved from the charge only on the supposition that there is a good measure of generous exaggeration in Eugenie's words. But it was hardly discreet to permit even the appearance of a claim that the word picture he puts into the mouth of his hero could challenge comparison with one of the world's greatest music-dramas. For the music of Mozart is not only late baroque or rococo; it has a genius all its own—a divine naturalness and grace, as well as a satirical salt, which are lacking in Mörike's rather theatrical pageant. So long as Mörike is describing the actual music of Mozart—the aria of Susanna or the finale of *Don Giovanni*—he

[1] *Erinnerungen an Mörike*, 1876.

is eminently successful; his words have a rare sensitivity and poetic expressiveness. But in his account of the aquatic fête he is not merely appealing to our recollections of Mozart's music; he is attempting to rival it in another medium. And here his chances of success—where the artist to be rivalled was Mozart at his best!—could hardly be very favourable.[1]

In the later passage describing Mozart's encounter with the gardener (p. 31) some readers may again feel that Mörike might have been a little more restrained in his language. Is it not rather extravagant to compare the gardener to "the cruel Roman emperor Tiberius" and his sudden appearance to an eruption of Vesuvius? Of course, the comparisons are not intended to be taken seriously; they are merely jocular. But the question is: is such pleasantry altogether agreeable? is it in quite the best taste? Is not the thought of a multitude of people being buried alive under "a black rain of ashes" too dreadful to be introduced into light conversation?

Whatever we may think of these criticisms, they apply only to particular passages of the Novelle and cannot seriously affect our estimation of the whole. One episode may have been overrated, one passage may be objectionable—the Novelle as a whole remains, as Storm said, a "Meisterdichtung". One can hardly praise too highly the vividness and verve of the representation, the humour and charm of the dialogue, the subtlety of the psychological analysis, the poetic beauty of the close. The greatest difficulty confronting Mörike was the problem of presenting Mozart to us in a way that we could feel to be completely convincing and completely worthy of such an incomparable genius. He had somehow to show us a living human being— talking, singing, laughing, despairing—whom we could recognize as Mozart. In this supremely difficult task Mörike succeeded to

---

[1] It is interesting to compare Mörike's description of the water-games with Shakespeare's description of Cleopatra in her barge on the river Cydnus (*Antony and Cleopatra*, II, 2, 190 ff.), where Cleopatra is presented to the imagination with a pictorial power worthy of Titian. But, firstly, Shakespeare does not expressly suggest such a comparison; the magic of his verses is such that the reader may think of it for himself. Secondly, there is a richness and demonic force in Shakespeare's description which raise it far above the level of mere prettiness.

Mörike in 1824

Wolfgang Amadeus Mozart, 1789

Constanze Mozart, 1782

The National Theatre (now called "Tyl Theatre") in Prague, where *Don Giovanni* was first performed (29th October 1787)

an unparalleled degree, and in doing so worthily repaid the debt of gratitude which he owed to the composer whose music had meant so much to him throughout his life. *Mozart auf der Reise nach Prag* is Mörike's homage to Mozart—surely the finest tribute ever paid by a great poet to a great musician.[1]

[1]It is peculiarly appropriate that Mörike himself was to be the recipient of a comparable tribute in the masterly settings of his poems by Hugo Wolf. Cf. S. S. Prawer, p. 36.

CHRONOLOGICAL TABLE OF MOZART'S LIFE

1756   Wolfgang Amadeus Mozart born in Salzburg, 27th January.

1762–6   Makes concert tours as child prodigy to Munich, Vienna, Ludwigsburg, Paris, London, The Hague, etc.

1770–1   Tours Italy, at Naples from 14th May to 25th June 1770. Receives Order of the Golden Spur from Pope Clement XIV, July 1770.

1771–7   Mostly in Salzburg, where Mozart and his father (Leopold) are employed in the service of Archbishop Colloredo.

1777   Travels to Munich, Augsburg and Mannheim, where he falls in love with Aloysia Weber, the elder sister of Constanze.

1778   In Paris, June to September.

1779–81   Salzburg. The opera *Idomeneo* produced in Munich, 29th January 1781. Rupture with Archbishop Colloredo. Decides to stay in Vienna.

1782   The opera *Belmonte und Konstanze oder Die Entführung aus dem Serail* produced in Vienna, 16th July. Marries Constanze Weber, 4th August.

1782–6   Mostly in Vienna, teaching, playing and composing.

1786   *Le nozze di Figaro* produced in Vienna, 1st May, and afterwards in Prague, with much greater success (December).

1787   Mozart's first journey to Prague (January). Second journey to Prague (October)—the subject of Mörike's Novelle. *Don Giovanni* produced in Prague, 29th October. Returns to Vienna (November). Appointed court composer (December).

1788   Composes the three great symphonies in E flat, G minor and C major ("Jupiter").

1789   Visits Dresden, Leipzig, Berlin and, for the third time, Prague.

1790   *Così fan tutte* produced in Vienna, 26th January.

1791   Visits Prague for the fourth time for production of
the opera *La Clemenza di Tito*, 6th September. *Die
Zauberflöte* produced in Vienna, 30th September.
Requiem commenced but not completed. Mozart dies
in Vienna, 5th December.

SELECT BIBLIOGRAPHY

Editions

Mörikes Werke, edited by Harry Maync, 3 vols., Leipzig/Vienna, 1909, 2nd edition 1914.

Eduard Mörike. *Werke und Briefe*. Historisch-kritische Gesamtausgabe, 15 vols., Stuttgart, 1967 ff. (in course of publication).

Eduard Mörike. *Sämtliche Werke*, edited by Helga Unger, 2 vols., Munich, 1968/69 (contains a comprehensive bibliography).

Mozart auf der Reise nach Prag, edited by W. G. Howard, London, 1904, 2nd edition London/Sydney, 1936.

Mozart auf der Reise nach Prag und die Historie von der schönen Lau, edited by L. Brandl, Leipzig, 1910.

Mozart auf der Reise nach Prag, edited by C. C. Glascock, Boston, 1912.

Briefe, edited by Fischer and Krauss, Berlin, 1903–4, 2 vols.

Briefe, edited by Friedrich Seebaß, Tübingen, 1939.

Unveröffentlichte Briefe, edited by Friedrich Seebaß, Stuttgart, 1941.

Freundeslieb' und Treu. 250 Briefe Eduard Mörikes an Wilhelm Hartlaub, edited by Gotthilf Renz, Leipzig, 1938.

Critical Literature on Mörike

(In the introduction and notes to the present edition the following works are referred to only by the name of the author and the relevant page number.)

FR. TH. VISCHER: "Gedichte von Eduard Mörike", 1839, *Kritische Gänge*, 2 vol.

H. MAYNC: *Eduard Mörike. Sein Leben und Dichten*, Stuttgart/Berlin, 1902, 2nd edition, 1913, 5th edition, 1944.

B. V. WIESE: *Eduard Mörike*, Tübingen/Stuttgart, 1950.

M. MARE: *Eduard Mörike. The Man and the Poet*, London, 1957.

Select Bibliography

S. S. PRAWER: *Mörike und seine Leser*, Stuttgart, 1960.

GERHARD STORZ: *Eduard Mörike*, Stuttgart, 1967.

P. PACHALY: *Erläuterungen zu Eduard Mörikes "Mozart auf der Reise nach Prag"*, Leipzig, 1931.

E. HOFACKER: "Mörikes Mozartnovelle in ihrem künstlerischen Aufbau", *The German Quarterly*, vol. VI, 1933.

HANS HERING: "Mörikes Mozartdichtung", *Zeitschrift für deutsche Bildung*, vol. X, 1934.

M. ITTENBACH, "Mozart auf der Reise nach Prag", *Germanisch-Romanische Monatsschrift*, vol. XXV, 1937.

✳ F. H. MAUTNER, "Mörike's *Mozart auf der Reise nach Prag*", *Publications of the Modern Language Association of America*, vol. LX, 1945.

K. K. POLHEIM, "Der künstlerische Aufbau von Mörikes Mozart-Novelle", *Euphorion*, XLVIII, 1954.

R. M. IMMERWAHR, "Apocalyptic Trumpets. The Inception of *Mozart auf der Reise nach Prag*", *Publications of the Modern Language Association of America*, vol. LXX, 1955.

B. v. WIESE: "Eduard Mörike, Mozart auf der Reise nach Prag", *Die deutsche Novelle von Goethe bis Kafka*, Düsseldorf, 1956.

✳R. B. FARRELL: *Mozart auf der Reise nach Prag*, London, 1960.

H. ROKYTA: "Das Schloß in Mörikes Novelle 'Mozart auf der Reise nach Prag'", *Jahrbuch des Wiener Goethe-Vereins*, LXXI, 1967.

H. STEINMETZ: *Eduard Mörikes Erzählungen*, Stuttgart, 1969.

MOZART AUF DER REISE NACH PRAG*

NOVELLE

Note

Mörike's notes are marked by an obelisk (†) and are printed as footnotes beneath the text.
An asterisk in the text denotes that the word, phrase or passage so marked is discussed in the editor's notes beginning on page 62. The marginal numbers refer to the pages of the text.

Im Herbst des Jahres 1787* unternahm Mozart in Begleitung seiner Frau eine Reise nach Prag, um „Don Juan"* daselbst zur Aufführung zu bringen.

Am dritten Reisetag, den vierzehnten September, gegen elf Uhr morgens, fuhr das wohlgelaunte Ehepaar, noch nicht viel über dreißig Stunden Wegs* von Wien entfernt, in nordwestlicher Richtung, jenseits vom Mannhardsberg* und der deutschen Thaya, bei Schrems, wo man das schöne Mährische Gebirg bald vollends überstiegen hat.

„Das mit drei Postpferden bespannte Fuhrwerk", schreibt die Baronesse von T. an ihre Freundin,* „eine stattliche, gelbrote Kutsche, war Eigentum einer gewissen alten Frau Generalin Volkstett,* die sich auf ihren Umgang mit dem Mozartischen Hause und ihre ihm erwiesenen Gefälligkeiten von jeher scheint etwas zugut getan zu haben." — Die ungenaue Beschreibung des fraglichen Gefährts wird sich ein Kenner des Geschmacks der achtziger Jahre noch etwa durch einige Züge ergänzen. Der gelbrote Wagen ist hüben und drüben am Schlage mit Blumenbuketts, in ihren natürlichen Farben gemalt,* die Ränder mit schmalen Goldleisten verziert, der Anstrich aber noch keineswegs von jenem spiegelglatten Lack der heutigen Wiener Werkstätten glänzend, der Kasten auch nicht völlig ausgebaucht, obwohl nach unten zu kokett mit einer kühnen Schweifung eingezogen;* dazu kommt ein hohes Gedeck mit starrenden Ledervorhängen, die gegenwärtig zurückgestreift sind.

Von dem Kostüm der beiden Passagiere sei überdies so viel bemerkt. Mit Schonung für die neuen, im Koffer eingepackten Staatsgewänder war der Anzug des Gemahls bescheidentlich von Frau Constanzen* ausgewählt; zu der gestickten Weste von etwas verschossenem Blau sein gewohnter brauner Überrock mit einer Reihe großer und dergestalt fassonierter Knöpfe, daß eine Lage rötliches Rauschgold durch ihr sternartiges Gewebe schimmerte,* schwarzseidene Beinkleider, Strümpfe, und auf den Schuhen vergoldete Schnallen. Seit einer halben Stunde hat er wegen der für diesen Monat außerordentlichen Hitze sich des Rocks entledigt und sitzt, vergnüglich plaudernd, barhaupt, in Hemdärmeln da. Madame Mozart trägt ein bequemes Reisehabit, hellgrün und weiß gestreift; halb aufgebunden fällt der

Überfluß ihrer schönen, lichtbraunen Locken auf Schulter und Nacken herunter; sie waren zeit ihres Lebens noch niemals von Puder entstellt, während der starke, in einen Zopf gefaßte Haarwuchs ihres Gemahls★ für heute nur nachlässiger als gewöhnlich damit versehen ist.

Man war eine sanft ansteigende Höhe zwischen fruchtbaren Feldern, welche hie und da die ausgedehnte Waldung unterbrachen, gemachsam hinauf★ und jetzt am Waldsaum angekommen.

„Durch wieviel Wälder", sagte Mozart, „sind wir nicht heute, gestern und ehegestern schon passiert! — Ich dachte nichts dabei, geschweige daß mir eingefallen wäre, den Fuß hineinzusetzen. Wir steigen einmal aus da, Herzenskind, und holen von den blauen Glocken, die dort so hübsch im Schatten stehn. Deine Tiere, Schwager, mögen ein bißchen verschnaufen."

Indem sie sich beide erhoben, kam ein kleines Unheil an den Tag, welches dem Meister einen Zank zuzog. Durch seine Achtlosigkeit war ein Flakon mit kostbarem Riechwasser aufgegangen und hatte seinen Inhalt unvermerkt in die Kleider und Polster ergossen. „Ich hätt es denken können", klagte sie; „es duftete schon lang so stark! O weh, ein volles Fläschchen echte Rosée d'Aurore★ rein ausgeleert! Ich sparte sie wie Gold." —

„Ei, Närrchen", gab er ihr zum Trost zurück, „begreife doch, auf solche Weise ganz allein war uns dein Götter-Riechschnaps etwas nütze. Erst saß man in einem Backofen, und all dein Gefächel★ half nichts, bald aber schien der ganze Wagen gleichsam ausgekühlt; du schriebst es den paar Tropfen zu, die ich mir auf den Jabot★ goß; wir waren neu belebt, und das Gespräch floß munter fort, statt daß wir sonst die Köpfe hätten hängen lassen wie die Hämmel auf des Fleischers Karren; und diese Wohltat wird uns auf dem ganzen Weg begleiten. Jetzt aber laß uns doch einmal zwei wienerische Nos'n★ recht expreß hier in die grüne Wildnis stecken!"

Sie stiegen Arm in Arm über den Graben an der Straße und sofort tiefer in die Tannendunkelheit hinein, die, sehr bald bis zur Finsternis verdichtet, nur hin und wieder von einem Streifen Sonne auf sammetnem Moosboden grell durchbrochen ward. Die erquickliche Frische, im plötzlichen Wechsel gegen die außerhalb herrschende Glut, hätte dem sorglosen Mann ohne die Vorsicht der Begleiterin gefährlich werden können. Mit Mühe drang sie ihm das in Bereitschaft gehaltene Kleidungsstück auf. — „Gott, welche Herrlichkeit!" rief er, an den hohen Stämmen hinaufblickend, aus: „man ist als wie* in einer Kirche! Mir deucht,* ich war niemals in einem Wald, und besinne mich jetzt erst, was es doch heißt, ein ganzes Volk von Bäumen beieinander! Keine Menschenhand hat sie gepflanzt, sind alle selbst gekommen, und stehen so, nur eben weil es lustig ist, beisammen wohnen und wirtschaften. Siehst du, mit jungen Jahren fuhr ich doch in halb Europa hin und her, habe die Alpen gesehn und das Meer, das Größeste* und Schönste, was erschaffen ist: jetzt steht von ungefähr der Gimpel in einem ordinären Tannenwald an der böhmischen Grenze, verwundert und verzückt, daß solches Wesen irgend existiert, nicht etwa nur so *una finzione di poeti** ist, wie ihre Nymphen, Faune und dergleichen mehr, auch kein Komödienwald, nein, aus dem Erdboden herausgewachsen, von Feuchtigkeit und Wärmelicht der Sonne großgezogen! Hier ist zu Haus der Hirsch, mit seinem wundersamen zackigen Gestäude auf der Stirn, das possierliche Eichhorn, der Auerhahn, der Häher." — Er bückte sich, brach einen Pilz, und pries die prächtige hochrote Farbe des Schirms, die zarten weißlichen Lamellen* an dessen unterer Seite, auch steckte er verschiedene Tannenzapfen ein.

„Man könnte denken", sagte die Frau, „du habest noch nicht zwanzig Schritte hinein in den Prater gesehen, der solche Raritäten doch auch wohl aufzuweisen hat."

„Was Prater!* Sapperlot, wie du nur das Wort hier nennen magst! Vor lauter Karossen, Staatsdegen, Roben und Fächern, Musik und allem Spektakel der Welt, wer sieht denn da noch sonst etwas? Und selbst die Bäume dort, so breit sie sich auch machen,* ich weiß nicht—Bucheckern und Eicheln, am Boden verstreut, sehn halter* aus als wie Geschwisterkind mit der Unzahl verbrauchter Korkstöpsel darunter. Zwei Stunden weit riecht das Gehölz nach Kellnern und nach Saucen."

„O unerhört!" rief sie, „so redet nun der Mann, dem gar nichts über das Vergnügen geht, Backhähnl* im Prater zu speisen!"

Als beide wieder in dem Wagen saßen, und sich die Straße jetzt nach einer kurzen Strecke ebenen Wegs allmählich

5

abwärts senkte, wo eine lachende Gegend sich bis an die entfernteren Berge verlor, fing unser Meister, nachdem er eine Zeitlang still gewesen, wieder an: „Die Erde ist wahrhaftig schön, und keinem zu verdenken,★ wenn er so lang wie möglich darauf bleiben will. Gott sei's gedankt, ich fühle mich so frisch und wohl wie je, und wäre bald zu tausend Dingen aufgelegt, die denn auch alle nacheinander an die Reihe kommen sollen, wie nur★ mein neues Werk vollendet und aufgeführt sein wird. Wieviel ist draußen in der Welt und wieviel daheim, Merkwürdiges und Schönes, das ich noch gar nicht kenne, an Wunderwerken der Natur, an Wissenschaften, Künsten und nützlichen Gewerben! Der schwarze Köhlerbube dort bei seinem Meiler weiß dir★ von manchen Sachen auf ein Haar so viel Bescheid wie ich, da doch ein Sinn und ein Verlangen in mir wäre, auch einen Blick in dies und jen's zu tun, das eben nicht zu meinem nächsten Kram gehört."

„Mir kam", versetzte sie, „in diesen Tagen dein alter Sackkalender in die Hände von Anno fünfundachtzig; da hast du hinten angemerkt drei bis vier Notabene.★ Zum ersten steht: ,Mitte Oktober gießet★ man die großen Löwen in kaiserlicher Erzgießerei'; fürs zweite, doppelt angestrichen: ,Professor Gattner★ zu besuchen!' Wer ist der?"

„O recht, ich weiß—auf dem Observatorio★ der gute alte Herr, der mich von Zeit zu Zeit dahin einlädt. Ich wollte längst einmal den Mond und 's Mandl drin mit dir betrachten. Sie haben jetzt ein mächtig großes Fernrohr oben; da soll man auf der ungeheuern Scheibe, hell und deutlich bis zum Greifen, Gebirge, Täler, Klüfte sehen und von der Seite,★ wo die Sonne nicht hinfällt, den Schatten, den die Berge werfen. Schon seit zwei Jahren schlag ich's an,★ den Gang zu tun, und komme nicht dazu, elender- und schändlicherweise!"

„Nun", sagte sie, „der Mond entläuft uns nicht. Wir holen manches nach."

Nach einer Pause fuhr er fort: „Und geht es nicht mit allem so? O pfui, ich darf nicht daran denken, was man verpaßt, verschiebt und hängenläßt! — von Pflichten gegen Gott und Menschen nicht zu reden — ich sage von purem Genuß, von den kleinen unschuldigen Freuden, die einem jeden täglich vor den Füßen liegen."

Madame Mozart konnte oder wollte von der Richtung, die sein leicht bewegliches Gefühl hier mehr und mehr nahm, auf keine Weise ablenken, und leider konnte sie ihm nur von ganzem Herzen recht geben, indem er mit steigendem Eifer fortfuhr: „Ward ich denn je nur meiner Kinder ein volles Stündchen froh?* Wie halb ist das bei mir und immer *en passant*!* Die Buben einmal rittlings auf das Knie gesetzt, mich zwei Minuten mit ihnen durchs Zimmer gejagt, und damit *basta*,* wieder abgeschüttelt! Es denkt mir nicht,* daß wir uns auf dem Lande zusammen einen schönen Tag gemacht hätten, an Ostern oder Pfingsten,* in einem Garten oder Wäldel, auf der Wiese, wir unter uns allein, bei Kinderscherz und Blumenspiel, um selber einmal wieder Kind zu werden. Allmittelst* geht und rennt und saust das Leben hin — Herr Gott! bedenkt man's recht, es möcht einem der Angstschweiß ausbrechen!"

Mit der soeben ausgesprochenen Selbstanklage war unerwartet ein sehr ernsthaftes Gespräch in aller Traulichkeit und Güte zwischen beiden eröffnet. Wir teilen dasselbe nicht ausführlich mit und werfen lieber einen allgemeinen Blick auf die Verhältnisse, die teils ausdrücklich und unmittelbar den Stoff, teils auch nur den bewußten Hintergrund der Unterredung ausmachten.

Hier drängt sich uns voraus* die schmerzliche Betrachtung auf, daß dieser feurige, für jeden Reiz der Welt und für das Höchste, was dem ahnenden Gemüt erreichbar ist, unglaublich empfängliche Mensch, soviel er auch in seiner kurzen Spanne Zeit erlebt, genossen und aus sich hervorgebracht, ein stetiges und rein befriedigtes Gefühl seiner selbst doch lebenslang entbehrte.

Wer die Ursachen dieser Erscheinung nicht etwa tiefer suchen will, als sie vermutlich liegen, wird sie zunächst einfach in jenen, wie es scheint, unüberwindlich eingewohnten Schwächen* finden, die wir so gern, und nicht ganz ohne Grund, mit alledem, was an Mozart der Gegenstand unsrer Bewunderung ist, in eine Art notwendiger Verbindung bringen.

Des Mannes Bedürfnisse waren sehr vielfach, seine Neigung zumal für gesellige Freuden außerordentlich groß. Von den vornehmsten Häusern der Stadt als unvergleichliches Talent gewürdigt und gesucht, verschmähte er Einladungen zu Festen,

Zirkeln und Partien selten oder nie. Dabei tat er der eigenen Gastfreundschaft innerhalb seiner näheren Kreise gleichfalls genug. Einen längst hergebrachten musikalischen Abend am Sonntag bei ihm, ein ungezwungenes Mittagsmahl an seinem wohlbestellten Tisch mit ein paar Freunden und Bekannten, zwei-, dreimal in der Woche, das wollte er nicht missen. Bisweilen brachte er die Gäste, zum Schrecken der Frau, unangekündigt von der Straße weg ins Haus, Leute von sehr ungleichem Wert, Liebhaber, Kunstgenossen, Sänger und Poeten. Der müßige Schmarotzer, dessen ganzes Verdienst in einer immer aufgeweckten Laune, in Witz und Spaß, und zwar vom gröbern Korn, bestand, kam so gut wie der geistvolle Kenner und der treffliche Spieler erwünscht. Den größten Teil seiner Erholung indes pflegte Mozart außer dem eigenen Hause zu suchen. Man konnte ihn nach Tisch einen Tag wie den andern am Billard im Kaffeehaus,* und so auch manchen Abend im Gasthof finden. Er fuhr und ritt sehr gerne in Gesellschaft über Land, besuchte als ein ausgemachter Tänzer Bälle und Redouten* und machte sich des Jahrs einige Male einen Hauptspaß an Volksfesten, vor allen am Brigitten-Kirchtag* im Freien, wo er als Pierrot* maskiert erschien.

Diese Vergnügungen, bald bunt und ausgelassen, bald einer ruhigeren Stimmung zusagend, waren bestimmt, dem lang gespannten Geist nach ungeheurem Kraftaufwand die nötige Rast zu gewähren; auch verfehlten sie nicht, demselben nebenher auf den geheimnisvollen Wegen, auf welchen das Genie sein Spiel bewußtlos treibt, die feinen flüchtigen Eindrücke mitzuteilen, wodurch es sich gelegentlich befruchtete. Doch leider kam in solchen Stunden, weil es dann immer galt, den glücklichen Moment bis auf die Neige auszuschöpfen, eine andere Rücksicht, es sei nun der Klugheit oder der Pflicht, der Selbsterhaltung wie der Häuslichkeit, nicht in Betracht. Genießend oder schaffend, kannte Mozart gleich wenig Maß und Ziel. Ein Teil der Nacht war stets der Komposition gewidmet. Morgens früh, oft lange noch im Bett, ward ausgearbeitet. Dann machte er, von zehn Uhr an, zu Fuß oder im Wagen abgeholt, die Runde seiner Lektionen, die in der Regel noch einige Nachmittagsstunden wegnahmen. „Wir plagen uns wohl auch rechtschaffen", so schreibt er selber einmal einem Gönner, „und es hält öfter schwer, nicht die Geduld zu verlieren. Da halst man sich als wohlakkreditierter Cembalist★ und Musiklehrmeister ein Dutzend Schüler auf, und immer wieder einen neuen, unangesehn was weiter an ihm ist, wenn er nur seinen Taler *per marca*★ bezahlt. Ein jeder ungrische★ Schnurrbart vom Geniekorps★ ist willkommen, den der Satan plagt, für nichts und wieder nichts★ Generalbaß und Kontrapunkt zu studieren; das übermütigste Komteßchen, das mich wie Meister Coquerel,★ den Haarkräusler, mit einem roten Kopf★ empfängt, wenn ich einmal nicht auf den Glockenschlag bei ihr anklopfe usw." Und wenn er nun, durch diese und andere Berufsarbeiten, Akademien,★ Proben und dergleichen abgemüdet, nach frischem Atem schmachtete, war den erschlafften Nerven häufig nur in neuer Aufregung eine scheinbare Stärkung vergönnt. Seine Gesundheit wurde heimlich angegriffen, ein je und je wiederkehrender Zustand von Schwermut wurde, wo nicht erzeugt, doch sicherlich genährt an eben diesem Punkt, und so die Ahnung eines frühzeitigen Todes, die ihn zuletzt auf Schritt und Tritt begleitete, unvermeidlich erfüllt. Gram aller Art und Farbe, das Gefühl der Reue nicht ausgenommen, war er als eine herbe Würze jeder Lust auf seinen Teil gewöhnt.★ Doch wissen wir, auch diese Schmerzen rannen abgeklärt und rein in jenem tiefen Quell zusammen, der, aus hundert goldenen Röhren springend, im Wechsel seiner Melodien unerschöpflich, alle Qual und alle Seligkeit der Menschenbrust ausströmte.

Am offenbarsten zeigten sich die bösen Wirkungen der Lebensweise Mozarts in seiner häuslichen Verfassung. Der Vorwurf törichter, leichtsinniger Verschwendung lag sehr nahe; er mußte sich sogar an einen seiner schönsten Herzenszüge hängen. Kam einer, in dringender Not ihm eine Summe abzuborgen, sich seine Bürgschaft zu erbitten, so war meist schon darauf gerechnet, daß er sich nicht erst lang nach Pfand und Sicherheit erkundigte; dergleichen hätte ihm auch in der Tat so wenig als einem Kinde angestanden. Am liebsten schenkte er gleich hin, und immer mit lachender Großmut, besonders wenn er meinte gerade Überfluß zu haben.

Die Mittel, die ein solcher Aufwand neben dem ordentlichen Hausbedarf erheischte, standen allerdings in keinem Verhältnis mit den Einkünften. Was von Theatern und Konzerten, von

9

Verlegern und Schülern einging, zusamt der kaiserlichen Pension,* genügte um so weniger, da der Geschmack des Publikums noch weit davon entfernt war, sich entschieden für Mozarts Musik zu erklären. Diese lauterste Schönheit, Fülle und Tiefe befremdete gemeinhin gegenüber der bisher beliebten, leicht faßlichen Kost. Zwar hatten sich die Wiener an „Belmonte und Constanze"* — dank den populären Elementen dieses Stücks — seinerzeit* kaum ersättigen können, hingegen tat, einige Jahre später, „Figaro",* und sicher nicht allein durch die Intrigen des Direktors, im Wettstreit mit der lieblichen, doch weit geringeren „Cosa rara",* einen unerwarteten, kläglichen Fall; derselbe „Figaro", den gleich darauf die gebildetern oder unbefangenern Prager mit solchem Enthusiasmus aufnahmen, daß der Meister, in dankbarer Rührung darüber, seine nächste große Oper eigens für sie zu schreiben beschloß. — Trotz der Ungunst der Zeit und dem Einfluß der Feinde hätte Mozart mit etwas mehr Umsicht und Klugheit noch immer einen sehr ansehnlichen Gewinn von seiner Kunst gezogen: so aber kam er selbst bei jenen Unternehmungen zu kurz, wo auch der große Haufen ihm Beifall zujauchzen mußte. Genug, es wirkte eben alles, Schicksal und Naturell und eigene Schuld, zusammen, den einzigen Mann nicht gedeihen zu lassen.

Welch einen schlimmen Stand nun aber eine Hausfrau, sofern sie ihre Aufgabe kannte, unter solchen Umständen gehabt haben müsse, begreifen wir leicht. Obgleich selbst jung und lebensfroh, als Tochter eines Musikers ein ganzes Künstlerblut, von Hause aus übrigens schon an Entbehrung gewöhnt,* bewies Constanze allen guten Willen, dem Unheil an der Quelle zu steuern, manches Verkehrte abzuschneiden und den Verlust im Großen durch Sparsamkeit im Kleinen zu ersetzen. Nur eben in letzterer Hinsicht vielleicht ermangelte sie des rechten Geschicks und der frühern Erfahrung. Sie hatte die Kasse und führte das Hausbuch; jede Forderung, jede Schuldmahnung, und was es Verdrießliches gab, ging ausschließlich an sie. Da stieg ihr wohl mitunter das Wasser an die Kehle, zumal wenn oft zu dieser Bedrängnis, zu Mangel, peinlicher Verlegenheit und Furcht vor offenbarer Unehre, noch gar der Trübsinn ihres Mannes kam, worin er tagelang verharrte, untätig, keinem Trost zugänglich, indem er mit Seufzen und Klagen neben der Frau, oder stumm in einem Winkel vor sich hin, den *einen* traurigen Gedanken, zu sterben, wie eine endlose Schraube verfolgte. Ihr guter Mut verließ sie dennoch selten, ihr heller Blick fand meist, wenn auch nur auf einige Zeit, Rat und Hülfe. Im wesentlichen wurde wenig oder nichts gebessert. Gewann sie ihm mit Ernst und Scherz, mit Bitten und Schmeicheln für heute so viel ab, daß er den Tee an ihrer Seite trank, sich seinen Abendbraten daheim bei der Familie schmecken ließ, um nachher nicht mehr auszugehen, was war damit erreicht? Er konnte wohl einmal, durch ein verweintes Auge seiner Frau plötzlich betroffen und bewegt, eine schlimme Gewohnheit aufrichtig verwünschen, das Beste versprechen, mehr als sie verlangte, — umsonst, er fand sich unversehens im alten Fahrgeleise wieder. Man war versucht zu glauben, es habe anders nicht in seiner Macht gestanden und eine völlig veränderte Ordnung nach unsern Begriffen von dem, was allen Menschen ziemt und frommt, *ihm* irgendwie gewaltsam aufgedrungen, müßte das wunderbare Wesen geradezu selbst aufgehoben haben.*

Einen günstigen Umschwung der Dinge hoffte Constanze doch stets insoweit, als derselbe von außen her möglich war: durch eine gründliche Verbesserung ihrer ökonomischen Lage, wie solche bei dem wachsenden Ruf ihres Mannes nicht ausbleiben könne. Wenn erst, so meinte sie, der stete Druck wegfiel, der sich auch ihm, bald näher, bald entfernter, von dieser Seite* fühlbar machte; wenn er, anstatt die Hälfte seiner Kraft und Zeit dem bloßen Gelderwerb zu opfern, ungeteilt seiner wahren Bestimmung nachleben dürfe; wenn endlich der Genuß, nach dem er nicht mehr jagen, den er mit ungleich besserem Gewissen haben würde, ihm noch einmal so wohl an Leib und Seele gedeihe, dann sollte bald sein ganzer Zustand leichter, natürlicher, ruhiger werden. Sie dachte gar an einen gelegentlichen Wechsel ihres Wohnorts, da seine unbedingte Vorliebe für Wien, wo nun einmal nach ihrer Überzeugung kein rechter Segen für ihn sei, am Ende doch zu überwinden wäre.

Den nächsten entscheidenden Vorschub aber zu Verwirklichung ihrer Gedanken und Wünsche versprach sich Madame Mozart vom Erfolg der neuen Oper, um die es sich bei dieser Reise handelte.

Die Komposition war weit über die Hälfte vorgeschritten.

11

Vertraute, urteilsfähige Freunde, die als Zeugen der Entstehung des außerordentlichen Werks einen hinreichenden Begriff von seiner Art und Wirkungsweise haben mußten, sprachen überall davon in einem Tone, daß viele selber von den Gegnern* darauf gefaßt sein konnten, es werde dieser „Don Juan", bevor ein halbes Jahr verginge, die gesamte musikalische Welt von einem Ende Deutschlands bis zum andern erschüttert, auf den Kopf gestellt, im Sturm erobert haben. Vorsichtiger und bedingter waren die wohlwollenden Stimmen anderer, die, von dem heutigen Standpunkt der Musik ausgehend, einen allgemeinen und raschen Sukzeß kaum hofften. Der Meister selber teilte im stillen ihre nur zu wohlbegründeten Zweifel.*

Constanze ihrerseits, wie die Frauen immer, wo ihr Gefühl einmal lebhaft bestimmt und noch dazu vom Eifer eines höchst gerechten Wunsches eingenommen ist, durch spätere Bedenklichkeiten von da- und dorther sich viel seltener als die Männer irremachen lassen, hielt fest an ihrem guten Glauben, und hatte eben jetzt im Wagen wiederum Veranlassung, denselben zu verfechten. Sie tat's, in ihrer fröhlichen und blühenden Manier, mit doppelter Geflissenheit, da Mozarts Stimmung im Verlauf des vorigen Gesprächs, das weiter zu nichts führen konnte und deshalb äußerst unbefriedigend abbrach, bereits merklich gesunken war. Sie setzte ihrem Gatten sofort mit gleicher Heiterkeit umständlich auseinander, wie sie nach ihrer Heimkehr die mit dem Prager Unternehmer als Kaufpreis für die Partitur akkordierten hundert Dukaten* zu Deckung der dringendsten Posten und sonst zu verwenden gedenke, auch wie sie zufolge ihres Etats den kommenden Winter hindurch bis zum Frühjahr gut auszureichen hoffe.

„Dein Herr Bondini wird sein Schäfchen an der Oper scheren,* glaub es nur; und ist er halb der Ehrenmann, den du ihn immer rühmst, so läßt er dir nachträglich noch ein artiges Prozentchen von den Summen ab, die ihm die Bühnen nacheinander für die Abschrift zahlen; wo nicht, nun ja, gottlob, so stehen uns noch andere Chancen in Aussicht, und zwar noch tausendmal solidere. Mir ahnet* allerlei."

„Heraus damit!"

„Ich hörte unlängst ein Vögelchen pfeifen, der König von Preußen hab einen Kapellmeister nötig."*

„Oho!"

„Generalmusikdirektor, wollt ich sagen. Laß mich ein wenig phantasieren! Die Schwachheit habe ich von meiner Mutter."

„Nur zu! je toller je besser."

„Nein, alles ganz natürlich. — Vornweg also nimm an: übers Jahr um diese Zeit —"

„Wenn der Papst die Grete freit* —"

„Still doch, Hanswurst! Ich sage, aufs Jahr um Sankt Ägidi* muß schon längst kein kaiserlicher Kammerkomponist* mit Namen Wolf Mozart in Wien mehr weit und breit zu finden sein."

„Beiß dich der Fuchs dafür!"*

„Ich höre schon im Geist, wie unsere alten Freunde von uns plaudern, was sie sich alles zu erzählen wissen."

„Zum Exempel?"*

„Da kommt z.B. eines Morgens früh nach neune schon unsere alte Schwärmerin, die Volkstett,* in ihrem feurigsten Besuchssturmschritt* quer übern Kohlmarkt hergesegelt. Sie war drei Monate fort, die große Reise zum Schwager in Sachsen, ihr tägliches Gespräch, solang wir sie kennen, kam endlich zustand; seit gestern nacht ist sie zurück, und jetzt mit ihrem übervollen Herzen — es schwattelt* ganz von Reiseglück und Freundschaftsungeduld und allerliebsten Neuigkeiten — stracks hin zur Oberstin damit! die Trepp hinauf und angeklopft und das Herein nicht abgewartet: stell dir den Jubel selber vor und das Embrassement* beiderseits! — ‚Nun, liebste, beste Oberstin', hebt sie nach einigem Vorgängigen mit frischem Odem* an: ‚ich bringe Ihnen ein Schock Grüße mit, ob Sie erraten von wem? Ich komme nicht so gradenwegs von Stendal* her, es wurde ein kleiner Abstecher gemacht, linkshin, nach Brandenburg zu.' — ‚Wie? wär es möglich … Sie kamen nach Berlin? sind bei Mozarts gewesen?' — ‚Zehn himmlische Tage!' — ‚O liebe, süße, einzige Generalin, erzählen Sie, beschreiben Sie! Wie geht es unsern guten Leutchen? Gefallen sie sich immer noch so gut wie anfangs dort? Es ist mir fabelhaft, undenkbar, heute noch, und jetzt nur desto mehr, da Sie von ihm herkommen — Mozart als Berliner! Wie benimmt er sich doch? wie sieht er denn aus?' — ‚O der! Sie sollten ihn nur sehen. Diesen Sommer hat ihn der König ins Karlsbad* geschickt. Wann wäre seinem

13

herzgeliebten Kaiser Joseph★ so etwas eingefallen, he? Sie waren beide kaum erst wieder da, als ich ankam. Er glänzt von Gesundheit und Leben, ist rund und beleibt und vif★ wie Quecksilber; das Glück sieht ihm und die Behaglichkeit recht aus den Augen.'"

Und nun begann die Sprecherin in ihrer angenommenen Rolle die neue Lage mit den hellsten Farben auszumalen. Von seiner Wohnung Unter den Linden,★ von seinem Garten und Landhaus an bis zu den glänzenden Schauplätzen seiner öffentlichen Wirksamkeit und den engeren Zirkeln des Hofs, wo er die Königin auf dem Piano zu begleiten hatte, wurde alles durch ihre Schilderung gleichsam zur Wirklichkeit und Gegenwart. Ganze Gespräche, die schönsten Anekdoten schüttelte sie aus dem Ärmel.★ Sie schien fürwahr mit jener Residenz, mit Potsdam★ und mit Sanssouci★ bekannter als im Schlosse zu Schönbrunn★ und auf der kaiserlichen Burg.★ Nebenbei war sie schalkhaft genug, die Person unsres Helden mit einer Anzahl völlig neuer hausväterlicher Eigenschaften auszustatten, die sich auf dem soliden Boden der preußischen Existenz entwickelt hatten, und unter welchen die besagte Volkstett, als höchstes Phänomen und zum Beweis wie die Extreme sich manchmal berühren, den Ansatz eines ordentlichen Geizchens★ wahrgenommen hatte, das ihn unendlich liebenswürdig kleide. „„,Ja, nehmen's nur,★ er hat seine dreitausend Taler fix, und das wofür? Daß er die Woche einmal ein Kammerkonzert, zweimal die große Oper dirigiert — Ach, Oberstin, ich habe ihn gesehen, unsern lieben, kleinen goldenen Mann, inmitten seiner trefflichen Kapelle, die er sich zugeschult, die ihn anbetet! saß mit der Mozartin in ihrer Loge, schräg gegen den höchsten Herrschaften über!★ Und was stand auf dem Zettel, bitte Sie — ich nahm ihn mit für Sie — ein kleines Reis'präsent★ von mir und Mozarts dreingewickelt — hier schauen Sie, hier lesen Sie, da steht's mit ellenlangen Buchstaben gedruckt!' — ‚Hilf Himmel! was? ‚Tarar'!'★ — ‚Ja, gelten's,★ Freundin, was man erleben kann! Vor zwei Jahren, wie Mozart den ‚Don Juan' schrieb und der verwünschte giftige, schwarzgelbe Salieri auch schon im stillen Anstalt machte, den Triumph, den er mit seinem Stück davontrug in Paris, demnächst auf seinem eignen Territorio zu begehen und unserem guten, Schnepfen★ liebenden, allzeit in ‚Cosa rara' vergnügten Publikum nun doch auch mal so eine Gattung Falken* sehn zu lassen, und er und seine Helfershelfer bereits zusammen munkelten und raffinierten, daß sie den ‚Don Juan' so schön gerupft wie jenesmal den ‚Figaro', nicht tot und nicht lebendig, auf das Theater stellen wollten — wissen's, da tat ich ein Gelübd, wenn das infame Stück gegeben wird, ich geh nicht hin, um keine Welt! Und hielt auch Wort. Als alles* lief und rannte — und, Oberstin, Sie mit — blieb ich an meinem Ofen sitzen, nahm meine Katze auf den Schoß und aß meine Kaldausche;* und so die folgenden paar Male auch. Jetzt aber, stellen Sie sich vor, ‚Tarar' auf der Berliner Opernbühne, das Werk seines Todfeinds, von Mozart dirigiert! — ‚Da müssen Sie schon drein!' rief er gleich in der ersten Viertelstunde, ‚und wär's auch nur, daß Sie den Wienern sagen können, ob ich dem Knaben Absalon* ein Härchen krümmen ließ. Ich wünschte, er wär selbst dabei, der Erzneidhammel* sollte sehen, daß ich nicht nötig hab, einem andern sein Zeug zu verhunzen, damit ich immerfort der bleiben möge, der ich bin!' ' "

„*Brava! bravissima!*"* rief Mozart überlaut und nahm sein Weibchen bei den Ohren, verküßte,* herzte, kitzelte sie, so daß sich dieses Spiel mit bunten Seifenblasen einer erträumten Zukunft, die leider niemals, auch nicht im bescheidensten Maße, erfüllt werden sollte,* zuletzt in hellen Mutwillen, Lärm und Gelächter auflöste.

Sie waren unterdessen längst ins Tal herabgekommen und näherten sich einem Dorf, das ihnen bereits auf der Höhe bemerklich gewesen und hinter welchem sich unmittelbar ein kleines Schloß von modernem Ansehen, der Wohnsitz eines Grafen von Schinzberg, in der freundlichen Ebene zeigte. Es sollte in dem Ort gefüttert, gerastet und Mittag gehalten werden. Der Gasthof, wo sie hielten, lag vereinzelt am Ende des Dorfs bei der Straße, von welcher seitwärts eine Pappelallee von nicht sechshundert Schritten zum herrschaftlichen Garten führte.

Mozart, nachdem man ausgestiegen, überließ wie gewöhnlich der Frau die Bestellung des Essens. Inzwischen befahl er für sich ein Glas Wein in die untere Stube, während sie, nächst einem Trunke frischen Wassers, nur irgendeinen stillen Winkel, um ein Stündchen zu schlafen, verlangte. Man führte sie eine Treppe hinauf, der Gatte folgte, ganz munter vor sich hin singend und pfeifend. In einem rein geweißten und schnell gelüfteten Zimmer befand sich unter andern veralteten Möbeln von edlerer Herkunft— sie waren ohne Zweifel aus den gräflichen Gemächern seinerzeit hierhergewandert — ein sauberes, leichtes Bett mit gemaltem Himmel* auf dünnen, grünlackierten Säulen, dessen seidene Vorhänge längst durch einen gewöhnlichern Stoff ersetzt waren. Constanze machte sich's bequem, er versprach sie rechtzeitig zu wecken, sie riegelte die Türe hinter ihm zu und er suchte nunmehr Unterhaltung für sich in der allgemeinen Schenkstube. Hier war jedoch außer dem Wirt keine Seele, und weil dessen Gespräch dem Gast so wenig wie sein Wein behagte, so bezeugte er Lust, bis der Tisch bereit wäre, noch einen Spaziergang nach dem Schloßgarten zu machen. Der Zutritt, hörte er, sei anständigen Fremden wohl gestattet und die Familie überdies heut ausgefahren.

Er ging, und hatte bald den kurzen Weg bis zu dem offenen Gattertor zurückgelegt, dann langsam einen hohen alten Lindengang durchmessen, an dessen Ende linker Hand* er in geringer Entfernung das Schloß von seiner Fronte auf einmal vor sich hatte. Es war von italienischer Bauart, hell getüncht mit weit vorliegender Doppeltreppe;* das Schieferdach verzierten einige Statuen in üblicher Manier, Götter und Göttinnen, samt einer Balustrade.

Von der Mitte zweier großen, noch reichlich blühenden Blumenparterre* ging unser Meister nach den buschigen Teilen der Anlagen zu, berührte* ein paar schöne dunkle Piniengruppen, und lenkte seine Schritte auf vielfach gewundenen Pfaden, indem er sich allmählich den lichteren Partien wieder näherte, dem lebhaften Rauschen eines Springbrunnens nach, den er sofort erreichte.

Das ansehnlich weite, ovale Bassin war rings von einer sorgfältig gehaltenen Orangerie in Kübeln,* abwechselnd mit Lorbeeren und Oleandern, umstellt; ein weicher Sandweg, gegen den sich eine schmale Gitterlaube öffnete, lief rundumher. Die Laube bot das angenehmste Ruheplätzchen dar; ein kleiner Tisch stand vor der Bank, und Mozart ließ sich vorn am Eingang nieder.

Das Ohr behaglich dem Geplätscher des Wassers hingegeben,

das Aug auf einen Pomeranzenbaum* von mittlerer Größe
geheftet, der außerhalb der Reihe, einzeln, ganz dicht an seiner
Seite auf dem Boden stand und voll der schönsten Früchte hing,
ward unser Freund durch diese Anschauung des Südens alsbald
auf eine liebliche Erinnerung aus seiner Knabenzeit geführt.
Nachdenklich lächelnd reicht er hinüber nach der nächsten
Frucht, als wie um ihre herrliche Ründe, ihre saftige Kühle in
hohler Hand zu fühlen. Ganz im Zusammenhang mit jener
Jugendszene aber, die wieder vor ihm aufgetaucht, stand eine
längst verwischte musikalische Reminiszenz, auf deren unbe-
stimmter Spur er sich ein Weilchen träumerisch erging. Jetzt
glänzen seine Blicke, sie irren da und dort umher, er ist von
einem Gedanken ergriffen, den er sogleich eifrig verfolgt. Zerstreut hat er zum zweitenmal die Pomeranze angefaßt, sie geht
vom Zweige los und bleibt ihm in der Hand. Er sieht und sieht
es nicht; ja so weit geht die künstlerische Geistesabwesenheit,
daß er, die duftige Frucht beständig unter der Nase hin und her
wirbelnd und bald den Anfang, bald die Mitte einer Weise
unhörbar zwischen den Lippen bewegend, zuletzt instinkt-
mäßig ein emailliertes Etui aus der Seitentasche des Rocks
hervorbringt, ein kleines Messer mit silbernem Heft daraus
nimmt und die gelbe kugelige Masse von oben nach unten
langsam durchschneidet. Es mochte ihn dabei entfernt ein
dunkles Durstgefühl geleitet haben, jedoch begnügten sich die
angeregten Sinne mit Einatmung des köstlichen Geruchs. Er
starrt minutenlang die beiden innern Flächen an, fügt sie
sachte wieder zusammen, ganz sachte, trennt und vereinigt sie
wieder.

Da hört er Tritte in der Nähe, er erschrickt, und das Bewußt-
sein, wo er ist, was er getan, stellt sich urplötzlich bei ihm ein.
Schon im Begriff, die Pomeranze zu verbergen, hält er doch
gleich damit inne, sei es aus Stolz, sei's weil es zu spät dazu war.
Ein großer breitschulteriger Mann in Livree, der Gärtner des
Hauses, stand vor ihm. Derselbe hatte wohl die letzte verdächtige
Bewegung noch gesehen und schwieg betroffen einige Sekunden.
Mozart, gleichfalls sprachlos, auf seinem Sitz wie angenagelt,
schaute ihm halb lachend, unter sichtbarem Erröten, doch
gewissermaßen keck und groß mit seinen blauen Augen* ins
Gesicht; dann setzte er — für einen Dritten wäre es höchst

komisch anzusehn gewesen — die scheinbar unverletzte Pomeranze mit einer Art von trotzig couragiertem Nachdruck in die
Mitte des Tisches.

„Um Vergebung", fing jetzt der Gärtner, nachdem er den
wenig versprechenden Anzug des Fremden gemustert, mit
unterdrücktem Unwillen an: „ich weiß nicht, wen ich hier —"

„Kapellmeister Mozart aus Wien."

„Sind ohne Zweifel bekannt im Schloß?"

„Ich bin hier fremd und auf der Durchreise. Ist der Herr Graf
anwesend?"

„Nein."

„Seine Gemahlin?"

„Sind beschäftigt* und schwerlich zu sprechen."

Mozart stand auf und machte Miene zu gehen.

„Mit Erlaubnis, mein Herr — wie kommen Sie dazu, an
diesem Ort auf solche Weise zuzugreifen?"

„Was?" rief Mozart, „zugreifen? Zum Teufel, glaubt Er*
denn, ich wollte stehlen und das Ding da fressen?"

„Mein Herr, ich glaube, was ich sehe. Diese Früchte sind
gezählt, ich bin dafür verantwortlich. Der Baum ist vom Herrn
Grafen zu einem Fest bestimmt, soeben soll er weggebracht
werden. Ich lasse Sie nicht fort, ehbevor* ich die Sache gemeldet
und Sie mir selbst bezeugten, wie das da zugegangen ist."

„Sei's drum. Ich werde hier so lange warten. Verlaß Er sich
darauf!"

Der Gärtner sah sich zögernd um, und Mozart, in der Meinung,
es sei vielleicht nur auf ein Trinkgeld abgesehn, griff in die
Tasche, allein er hatte das geringste nicht bei sich.

Zwei Gartenknechte kamen nun wirklich herbei, luden den
Baum auf eine Bahre und trugen ihn hinweg. Inzwischen hatte
unser Meister seine Brieftasche gezogen, ein weißes Blatt
herausgenommen und, während daß* der Gärtner nicht von der
Stelle wich, mit Bleistift angefangen zu schreiben:

„Gnädigste Frau! Hier sitze ich Unseliger in Ihrem Paradiese,
wie weiland Adam, nachdem er den Apfel gekostet. Das Unglück
ist geschehen, und ich kann nicht einmal die Schuld auf eine
gute Eva schieben, die eben jetzt, von Grazien und Amoretten
eines Himmelbetts* umgaukelt, im Gasthof sich des unschul-
digsten Schlafes erfreut. Befehlen Sie und ich stehe persönlich

Ihro Gnaden* Rede über meinen mir selbst unfaßlichen Frevel.
Mit aufrichtiger Beschämung

Hochdero

untertänigster Diener

W. A. Mozart,

auf dem Wege nach Prag."

Er übergab das Billett, ziemlich ungeschickt zusammengefaltet, dem peinlich wartenden Diener mit der nötigen Weisung.
Der Unhold hatte sich nicht sobald entfernt, als man an der hinteren Seite des Schlosses ein Gefährt in den Hof rollen hörte. Es war der Graf, der eine Nichte und ihren Bräutigam, einen jungen reichen Baron, vom benachbarten Gut herüberbrachte. Da die Mutter des letztern seit Jahren das Haus nicht mehr verließ, war die Verlobung heute bei ihr gehalten worden; nun sollte dieses Fest in einer fröhlichen Nachfeier mit einigen Verwandten auch hier begangen werden, wo Eugenie gleich einer eigenen Tochter seit ihrer Kindheit eine zweite Heimat fand. Die Gräfin war mit ihrem Sohne Max, dem Leutnant, etwas früher nach Hause gefahren, um noch verschiedene Anordnungen zu treffen. Nun sah man in dem Schlosse alles, auf Gängen und Treppen, in voller Bewegung, und nur mit Mühe gelang es dem Gärtner, im Vorzimmer endlich den Zettel der Frau Gräfin einzuhändigen, die ihn jedoch nicht auf der Stelle öffnete, sondern, ohne genau auf die Worte des Überbringers zu achten, geschäftig weitereilte. Er wartete und wartete, sie kam nicht wieder. Eins um das andere von der Dienerschaft, Aufwärter, Zofe, Kammerdiener, rannte an ihm vorbei; er fragte nach dem Herrn — der kleidete sich um; er suchte nun und fand den Grafen Max auf seinem Zimmer, der aber unterhielt sich angelegentlich mit dem Baron und schnitt ihm, wie in Sorge, er wolle etwas melden oder fragen, wovon noch nichts verlauten sollte, das Wort vom Munde ab: ,,Ich komme schon — geht nur!" Es stand noch eine gute Weile an, bis endlich Vater und Sohn zugleich herauskamen und die fatale Nachricht empfingen.

,,Das wär ja höllenmäßig!" rief der dicke, gutmütige, doch etwas jähe Mann; ,,das geht ja über alle Begriffe! Ein Wiener Musikus, sagt Ihr? Vermutlich irgend solch ein Lump, der um ein Viatikum* läuft und mitnimmt was er findet?"

„Verzeihen Ew.* Gnaden, darnach sieht er gerad nicht aus. Er deucht mir nicht richtig im Kopf; auch ist er sehr hochmütig.* Moser nennt er sich. Er wartet unten auf Bescheid; ich hieß den Franz um den Weg bleiben und ein Aug auf ihn haben.“

„Was hilft es hintendrein, zum Henker? Wenn ich den Narren auch einstecken lasse, der Schaden ist nicht mehr zu reparieren! Ich sagt Euch tausendmal, das vordere Tor soll allezeit geschlossen bleiben. Der Streich wär aber jedenfalls verhütet worden, hättet Ihr zur rechten Zeit Eure Zurüstungen gemacht.“

Hier trat die Gräfin hastig und mit freudiger Aufregung, das offene Billett in der Hand, aus dem anstoßenden Kabinett. „Wißt ihr“, rief sie, „wer unten ist? Um Gottes willen, lest den Brief — Mozart aus Wien, der Komponist! Man muß gleich gehen, ihn heraufzubitten — ich fürchte nur, er ist schon fort! was wird er von mir denken! Ihr, Velten,* seid ihm doch höflich begegnet? Was ist denn eigentlich geschehen?“

„Geschehn?“ versetzte der Gemahl, dem die Aussicht auf den Besuch eines berühmten Mannes unmöglich allen Ärger auf der Stelle niederschlagen konnte: „der tolle Mensch hat von dem Baum, den ich Eugenien bestimmte, eine der neun Orangen abgerissen, hm!* das Ungeheuer! Somit ist unserem Spaß geradezu die Spitze abgebrochen und Max mag sein Gedicht nur gleich kassieren.“

„O nicht doch!“ sagte die dringende Dame; „die Lücke läßt sich leicht ausfüllen, überlaßt es nur mir. Geht beide jetzt, erlöst, empfangt den guten Mann, so freundlich und so schmeichelhaft ihr immer könnt. Er soll, wenn wir ihn irgend halten können, heut nicht weiter. Trefft ihr ihn nicht im Garten mehr, sucht ihn im Wirtshaus auf und bringet ihn mit seiner Frau. Ein größeres Geschenk, eine schönere Überraschung für Eugenien hätte der Zufall uns an diesem Tag nicht machen können.“

„Gewiß!“ erwiderte Max, „dies war auch mein erster Gedanke. Geschwinde,* kommen Sie, Papa! Und“ — sagte er, indem sie eilends nach der Treppe liefen — „der Verse wegen seien Sie ganz ruhig. Die neunte Muse* soll nicht zu kurz kommen; im Gegenteil, ich werde aus dem Unglück noch besondern Vorteil ziehen.“ — „Das ist unmöglich.“ — „Ganz gewiß.“ — „Nun, wenn das ist — allein ich nehme dich beim Wort — so wollen wir dem Querkopf alle erdenkliche Ehre erzeigen.“

Solange dies im Schloß vorging, hatte sich unser Quasi-Gefangener, ziemlich unbesorgt über den Ausgang der Sache, geraume Zeit schreibend beschäftigt. Weil sich jedoch gar niemand sehen ließ, fing er an unruhig hin und her zu gehen; darüber kam dringliche Botschaft vom Wirtshaus, der Tisch sei schon lange bereit, er möchte ja gleich kommen, der Postillion pressiere. So suchte er denn seine Sachen zusammen und wollte ohne weiteres aufbrechen, als beide Herrn vor der Laube erschienen.

Der Graf begrüßte ihn, beinah wie einen früheren Bekannten, lebhaft mit seinem kräftig schallenden Organ, ließ ihn zu gar keiner Entschuldigung kommen, sondern erklärte sogleich seinen Wunsch, das Ehepaar zum wenigsten für diesen Mittag und Abend im Kreis seiner Familie zu haben. „Sie sind uns, mein liebster Maestro, so wenig fremd, daß ich wohl sagen kann, der Name Mozart wird schwerlich anderswo mit mehr Begeisterung und häufiger genannt als hier. Meine Nichte singt und spielt, sie bringt fast ihren ganzen Tag am Flügel zu, kennt Ihre Werke auswendig und hat das größte Verlangen, Sie einmal in mehrerer Nähe* zu sehen, als es vorigen Winter in einem Ihrer Konzerte anging. Da wir nun damnächst auf einige Wochen nach Wien gehen werden, so war ihr eine Einladung beim Fürsten Gallizin,* wo man Sie öfter findet, von den Verwandten versprochen. Jetzt aber reisen Sie nach Prag, werden sobald nicht wiederkehren, und Gott weiß, ob Sie der Rückweg zu uns führt. Machen Sie heute und morgen Rasttag! Das Fuhrwerk schicken wir sogleich nach Hause und mir erlauben Sie die Sorge für Ihr Weiterkommen.“

Der Komponist, welcher in solchen Fällen der Freundschaft oder dem Vergnügen leicht zehnmal mehr, als hier gefordert war, zum Opfer brachte, besann sich nicht lange; er sagte diesen einen halben Tag mit Freuden zu, dagegen sollte morgen mit dem frühesten die Reise fortgesetzt werden. Graf Max erbat sich das Vergnügen, Madame Mozart abzuholen und alles Nötige im Wirtshaus abzumachen. Er ging, ein Wagen sollte ihm gleich auf dem Fuße nachfolgen.

Von diesem jungen Mann bemerken wir beiläufig, daß er mit

einem, von Vater und Mutter angeerbten, heitern Sinn Talent
und Liebe für schöne Wissenschaften verband, und ohne wahre
Neigung zum Soldatenstand sich doch als Offizier durch Kennt-
nisse und gute Sitten hervortat. Er kannte die französische
Literatur, und erwarb sich, zu einer Zeit, wo deutsche Verse in
der höheren Gesellschaft wenig galten, Lob und Gunst durch
eine nicht gemeine Leichtigkeit der poetischen Form in der
Muttersprache nach guten Mustern, wie er sie in Hagedorn,*
in Götz* und andern fand. Für heute war ihm nun, wie wir bereits
vernahmen, ein besonders erfreulicher Anlaß geworden,* seine
Gabe zu nutzen.

Er traf Madame Mozart, mit der Wirtstochter plaudernd, vor
dem gedeckten Tisch, wo sie sich einen Teller Suppe voraus-
genommen hatte. Sie war an außerordentliche Zwischenfälle, an
kecke Stegreifsprünge* ihres Manns zu sehr gewöhnt, als daß sie
über die Erscheinung und den Auftrag des jungen Offiziers mehr
als billig hätte betreten sein können. Mit unverstellter Heiterkeit, besonnen und gewandt, besprach und ordnete sie unge-
säumt alles Erforderliche selbst. Es wurde umgepackt, bezahlt,
der Postillion entlassen, sie machte sich, ohne zu große Ängst-
lichkeit in Herstellung ihrer Toilette, fertig, und fuhr mit dem
Begleiter wohlgemut dem Schlosse zu, nicht ahnend, auf welche
sonderbare Weise ihr Gemahl sich dort eingeführt hatte.

Der befand sich inzwischen bereits sehr behaglich daselbst
und auf das beste unterhalten. Nach kurzer Zeit sah er Eugenien
mit ihrem Verlobten; ein blühendes, höchst anmutiges, inniges
Wesen. Sie war blond, ihre schlanke Gestalt in carmoisinrote,*
leuchtende Seide mit kostbaren Spitzen festlich gekleidet, um
ihre Stirn ein weißes Band mit edlen Perlen. Der Baron, nur
wenig älter als sie, von sanftem, offenem Charakter, schien
ihrer wert in jeder Rücksicht.

Den ersten Aufwand des Gesprächs bestritt, fast nur zu
freigebig, der gute launige Hausherr, vermöge seiner etwas
lauten, mit Späßen und Histörchen sattsam gespickten Unter-
haltungsweise. Es wurden Erfrischungen gereicht, die unser
Reisender im mindesten nicht schonte.

Eines* hatte den Flügel geöffnet, „Figaros Hochzeit" lag
aufgeschlagen, und das Fräulein schickte sich an, von dem
Baron akkompagniert, die Arie Susannas* in jener Gartenszene

zu singen, wo wir den Geist der süßen Leidenschaft stromweise, wie die gewürzte sommerliche Abendluft, einatmen. Die feine Röte auf Eugeniens Wangen wich zwei Atemzüge lang der äußersten Blässe; doch mit dem ersten Ton, der klangvoll über ihre Lippen kam, fiel ihr jede beklemmende Fessel vom Busen. Sie hielt sich lächelnd, sicher auf der hohen Woge, und das Gefühl dieses Moments, des einzigen in seiner Art vielleicht für alle Tage ihres Lebens, begeisterte sie billig.

Mozart war offenbar überrascht. Als sie geendigt hatte, trat er zu ihr und fing mit seinem ungezierten Herzensausdruck an: „Was soll man sagen, liebes Kind, hier wo es ist wie mit der lieben Sonne, die sich am besten selber lobt, indem es gleich jedermann wohl in ihr wird!* Bei solchem Gesang ist der Seele zumut wie dem Kindchen im Bad: es lacht und wundert sich und weiß sich in der Welt nichts Besseres. Übrigens glauben Sie mir, unsereinem in Wien begegnet es nicht jeden Tag, daß er so lauter, ungeschminkt und warm, ja so komplett sich selber zu hören bekommt.“ — Damit erfaßte er ihre Hand und küßte sie herzlich. Des Mannes hohe Liebenswürdigkeit und Güte nicht minder als das ehrenvolle Zeugnis, wodurch er ihr Talent auszeichnete, ergriff Eugenien mit jener unwiderstehlichen Rührung, die einem leichten Schwindel gleicht, und ihre Augen wollten sich plötzlich mit Tränen anfüllen.

Hier trat Madame Mozart zur Türe herein, und gleich darauf erschienen neue Gäste, die man erwartet hatte: eine dem Haus sehr eng verwandte freiherrliche Familie aus der Nähe, mit einer Tochter, Franziska, die seit den Kinderjahren mit der Braut durch die zärtlichste Freundschaft verbunden und hier wie daheim war.

Man hatte sich allerseits begrüßt, umarmt, beglückwünscht, die beiden Wiener Gäste vorgestellt, und Mozart setzte sich an den Flügel. Er spielte einen Teil eines Konzerts von seiner Komposition, welches Eugenie soeben einstudierte.

Die Wirkung eines solchen Vortrags in einem kleinen Kreis wie der gegenwärtige unterscheidet sich natürlicherweise von jedem ähnlichen an einem öffentlichen Orte durch die unendliche Befriedigung, die in der unmittelbaren Berührung mit der Person des Künstlers und seinem Genius innerhalb der häuslichen bekannten Wände liegt.

Es war eines jener glänzenden Stücke,★ worin die reine Schönheit sich einmal, wie aus Laune, freiwillig in den Dienst der
Eleganz begibt, so aber, daß sie, gleichsam nur verhüllt in diese
mehr willkürlich spielenden Formen und hinter eine Menge
blendender Lichter versteckt, doch in jeder Bewegung ihren
eigensten Adel verrät und ein herrliches Pathos★ verschwen-
derisch ausgießt.

Die Gräfin machte für sich die Bemerkung, daß die meisten
Zuhörer, vielleicht Eugenie selbst nicht ausgenommen, trotz
der gespanntesten Aufmerksamkeit und aller feierlichen Stille
während eines bezaubernden Spiels, doch zwischen Auge und
Ohr gar sehr geteilt waren. In unwillkürlicher Beobachtung des
Komponisten, seiner schlichten, beinahe steifen Körperhaltung,
seines gutmütigen Gesichts, der rundlichen Bewegung dieser
kleinen Hände, war es gewiß auch nicht leicht möglich, dem
Zudrang tausendfacher Kreuz- und Quergedanken★ über den
Wundermann zu widerstehen.

Zu Madame Mozart gewendet,★ sagte der Graf, nachdem der
Meister aufgestanden war: ,,Einem berühmten Künstler
gegenüber, wenn es ein Kennerlob zu spitzen★ gilt, das halt nicht
eines jeden Sache ist, wie haben es die Könige und Kaiser gut!
Es nimmt sich eben alles einzig und außerordentlich in einem
solchen Munde aus. Was dürfen sie sich nicht erlauben, und
wie bequem ist es z. B., dicht hinterm Stuhl Ihres Herrn Gemahls,
beim Schlußakkord einer brillanten Phantasie dem bescheidenen
klassischen Mann auf die Schulter zu klopfen und zu sagen: ,Sie
sind ein Tausendsasa, lieber Mozart!' Kaum ist das Wort heraus,
so geht's wie ein Lauffeuer durch den Saal: ,Was hat er ihm
gesagt?' — ,Er sei ein Tausendsasa, hat er zu ihm gesagt!' Und
alles, was da geigt★ und fistuliert und komponiert, ist außer
sich von diesem *einen* Wort; kurzum, es ist der große Stil, der
familiäre Kaiserstil, der unnachahmliche, um welchen ich die
Josephs und die Friedrichs★ von je beneidet habe, und das nie
mehr als eben jetzt, wo ich ganz in Verzweiflung bin,★ von
anderweitiger★ geistreicher Münze zufällig keinen Deut in allen
meinen Taschen anzutreffen.''

Die Art, wie der Schäker dergleichen vorbrachte, bestach
immerhin und rief unausbleiblich ein Lachen hervor.

Nun aber, auf die Einladung der Hausfrau, verfügte die

Gesellschaft sich nach dem geschmückten runden Speisesalon, aus welchem den Eintretenden ein festlicher Blumengeruch und eine kühlere, dem Appetit willkommene Luft entgegenwehte. Man nahm die schicklich ausgeteilten Plätze ein, und zwar der distinguierte Gast den seinigen dem Brautpaar gegenüber. Von einer Seite hatte er eine kleine ältliche Dame, eine unverheiratete Tante Franziskas, von der andern die junge reizende Nichte selbst zur Nebensitzerin, die sich durch Geist und Munterkeit ihm bald besonders zu empfehlen wußte. Frau Constanze kam zwischen den Hauswirt und ihren freundlichen Geleitsmann, den Leutnant; die übrigen reihten sich ein, und so saß man zu elfen nach Möglichkeit bunt* an der Tafel, deren unteres Ende leer blieb. Auf ihr erhoben sich mitten zwei mächtig große Porzellanaufsätze mit gemalten Figuren,* breite Schalen, gehäuft voll natürlicher Früchte und Blumen, über sich haltend. An den Wänden des Saals hingen reiche Festons. Was sonst da war, oder nach und nach folgte, schien einen ausgedehnten Schmaus zu verkünden. Teils auf der Tafel, zwischen Schüsseln und Platten, teils vom Serviertisch herüber im Hintergrund blinkte verschiedenes edle Getränk, vom schwärzesten Rot bis hinauf zu dem gelblichen Weiß, dessen lustiger Schaum herkömmlich erst die zweite Hälfte eines Festes krönt.

Bis gegen diesen Zeitpunkt hin bewegte sich die Unterhaltung, von mehreren Seiten gleich lebhaft genährt, in allen Richtungen. Weil aber der Graf gleich anfangs einigemal von weitem und jetzt nur immer näher und mutwilliger auf Mozarts Gartenabenteuer anspielte, so daß die einen heimlich lächelten, die andern sich umsonst den Kopf zerbrachen, was er denn meine, so ging unser Freund mit der Sprache heraus.

„Ich will in Gottes Namen beichten", fing er an, „auf was Art* mir eigentlich die Ehre der Bekanntschaft mit diesem edlen Haus geworden ist. Ich spiele dabei nicht die würdigste Rolle, und um ein Haar, so säß ich jetzt,* statt hier vergnügt zu tafeln, in einem abgelegenen Arrestantenwinkel des gräflichen Schlosses und könnte mir mit leerem Magen die Spinneweben an der Wand herum betrachten."

„Nun ja", rief Madame Mozart, „da werd ich schöne Dinge hören!"

Ausführlich nun beschrieb er erst, wie er im „Weißen Roß"

seine Frau zurückgelassen, die Promenade in den Park, den Unstern in der Laube, den Handel mit der Gartenpolizei, kurz, ungefähr was wir schon wissen, gab er alles mit größter Treuherzigkeit und zum höchsten Ergötzen der Zuhörer preis. Das Lachen wollte fast kein Ende nehmen; selbst die gemäßigte Eugenie enthielt sich nicht, es schüttelte sie ordentlich.

„Nun", fuhr er fort, „das Sprichwort sagt: hat einer den Nutzen, dem Spott mag er trutzen!* Ich hab meinen kleinen Profit von der Sache, Sie werden schon sehen. Vor allem aber hören Sie, wie's eigentlich geschah, daß sich ein alter Kindskopf so vergessen konnte. Eine Jugenderinnerung war mit im Spiele.

„Im Frühling 1770 reiste ich als dreizehnjähriges Bürschchen* mit meinem Vater nach Italien. Wir gingen von Rom nach Neapel. Ich hatte zweimal im Konservatorium und sonst zu verschiedenen Malen gespielt. Adel und Geistlichkeit erzeigten uns manches Angenehme, vornehmlich attachierte sich ein Abbate* an uns, der sich als Kenner schmeichelte und übrigens am Hofe etwas galt. Den Tag vor unserer Abreise führte er uns in Begleitung einiger anderen Herrn in einen königlichen Garten, die Villa reale,* bei der prachtvollen Straße geradhin am Meer gelegen, wo eine Bande sizilianischer *commedianti** sich produzierte — *figli di Nettuno,** wie sie sich neben andern schönen Titeln auch nannten. Mit vielen vornehmen Zuschauern, worunter selbst die junge liebenswürdige Königin Carolina* samt zwei Prinzessen, saßen wir auf einer langen Reihe von Bänken im Schatten einer zeltartig bedeckten, niedern Galerie, an deren Mauer unten die Wellen plätscherten. Das Meer mit seiner vielfarbigen Streifung strahlte den blauen Sonnenhimmel herrlich wieder. Gerade vor sich hat man den Vesuv, links schimmert, sanft geschwungen, eine reizende Küste herein.

„Die erste Abteilung der Spiele war vorüber; sie wurde auf dem trockenen Bretterboden einer Art von Flöße ausgeführt, die auf dem Wasser stand, und hatte nichts Besonderes; der zweite aber und der schönste Teil bestand aus lauter Schiffer-, Schwimm- und Taucherstücken und blieb mir stets mit allen Einzelheiten frisch im Gedächtnis eingeprägt.

„Von entgegengesetzten Seiten her näherten sich einander zwei zierliche, sehr leicht gebaute Barken, beide, wie es schien, auf einer Lustfahrt begriffen. Die eine, etwas größere, war mit einem Halbverdeck versehen und nebst den Ruderbänken mit einem dünnen Mast und einem Segel ausgerüstet, auch prächtig bemalt, der Schnabel vergoldet. Fünf Jünglinge von idealischem Aussehen, kaum bekleidet, Arme, Brust und Beine dem Anschein nach nackt, waren teils an dem Ruder beschäftigt, teils ergötzten sie sich mit einer gleichen Anzahl artiger Mädchen, ihren Geliebten. Eine darunter, welche mitten auf dem Verdecke saß und Blumenkränze wand, zeichnete sich durch Wuchs und Schönheit sowie durch ihren Putz vor allen übrigen aus. Diese dienten ihr willig, spannten gegen die Sonne ein Tuch über sie und reichten ihr die Blumen aus dem Korb. Eine Flötenspielerin saß zu ihren Füßen, die den Gesang der andern mit ihren hellen Tönen unterstützte. Auch jener vorzüglichen Schönen fehlte es nicht an einem eigenen Beschützer; doch verhielten sich beide ziemlich gleichgültig gegeneinander, und der Liebhaber deuchte mir fast etwas roh.

„Inzwischen war das andere, einfachere Fahrzeug näher gekommen. Hier sah man bloß männliche Jugend. Wie jene Jünglinge Hochrot trugen, so war die Farbe der letztern Seegrün. Sie stutzten beim Anblick der lieblichen Kinder, winkten Grüße herüber und gaben ihr Verlangen nach näherer Bekanntschaft zu erkennen. Die munterste hierauf nahm eine Rose vom Busen und hielt sie schelmisch in die Höhe, gleichsam fragend, ob solche Gaben bei ihnen wohl angebracht wären, worauf von drüben allerseits mit unzweideutigen Gebärden geantwortet wurde. Die Roten sahen verächtlich und finster darein, konnten aber nichts machen, als mehrere der Mädchen einig wurden, den armen Teufeln wenigstens doch etwas für den Hunger und Durst zuzuwerfen. Es stand ein Korb voll Orangen am Boden; wahrscheinlich waren es nur gelbe Bälle, den Früchten ähnlich nachgemacht. Und jetzt begann ein entzückendes Schauspiel, unter Mitwirkung der Musik die auf dem Uferdamm aufgestellt war.

„Eine der Jungfrauen machte den Anfang und schickte fürs erste ein paar Pomeranzen aus leichter Hand hinüber, die, dort mit gleicher Leichtigkeit aufgefangen, alsbald zurückkehrten; so ging es hin und her, und weil nach und nach immer mehr Mädchen zuhalfen, so flog's mit Pomeranzen bald dem Dutzend nach in immer schnellerem Tempo hin und wider. Die Schöne in der Mitte nahm an dem Kampfe keinen Anteil, als daß sie höchst begierig von ihrem Schemel aus zusah. Wir konnten die Geschicklichkeit auf beiden Seiten nicht genug bewundern. Die Schiffe drehten sich auf etwa dreißig Schritte in langsamer Bewegung umeinander, kehrten sich bald die ganze Flanke zu, bald schief das halbe Vorderteil; es waren gegen vierundzwanzig Bälle unaufhörlich in der Luft, doch glaubte man in der Verwirrung ihrer viel mehr zu sehen. Manchmal entstand ein förmliches Kreuzfeuer, oft stiegen sie und fielen in einem hohen Bogen; kaum ging einmal einer und der andere fehl, es war, als stürzten sie von selbst durch eine Kraft der Anziehung in die geöffneten Finger.

„So angenehm jedoch das Auge beschäftigt wurde, so lieblich gingen fürs Gehör die Melodien nebenher: sizilianische Weisen, Tänze, *Saltarelli,*★ *Canzoni a ballo,*★ ein ganzes Quodlibet,★ auf Girlandenart leicht aneinandergehängt. Die jüngere Prinzeß, ein holdes unbefangenes Geschöpf, etwa von meinem Alter, begleitete den Takt gar artig mit Kopfnicken; ihr Lächeln und die langen Wimpern ihrer Augen kann ich noch heute vor mir sehen.

„Nun lassen Sie mich kürzlich den Verlauf der Posse noch erzählen, obschon er weiter nichts zu meiner Sache tut.★ Man kann sich nicht leicht etwas Hübscheres denken. Währenddem★ das Scharmützel allmählich ausging und nur noch einzelne Würfe gewechselt wurden, die Mädchen ihre goldenen Äpfel sammelten und in den Korb zurückbrachten, hatte drüben ein Knabe, wie spielenderweis, ein breites, grüngestricktes Netz ergriffen und kurze Zeit unter dem Wasser gehalten; er hob es auf, und zum Erstaunen aller fand sich ein großer, blau, grün und gold schimmernder Fisch in demselben. Die nächsten sprangen eifrig zu, um ihn herauszuholen, da glitt er ihnen aus den Händen, als wär es wirklich ein lebendiger, und fiel in die See. Das war nun eine abgeredte Kriegslist, die Roten zu betören und aus dem Schiff zu locken. Diese, gleichsam bezaubert von dem Wunder, sobald sie merkten, daß das Tier nicht untertauchen wollte, nur immer auf der Oberfläche spielte, besannen sich nicht einen Augenblick, stürzten sich alle ins Meer, die Grünen ebenfalls, und also sah man zwölf gewandte, wohlgestalte Schwimmer den fliehenden Fisch zu erhaschen bemüht, indem er auf den Wellen gaukelte, minutenlang unter denselben

28

verschwand, bald da, bald dort, dem einen zwischen den Beinen, dem andern zwischen Brust und Kinn herauf, wieder zum Vorschein kam. Auf einmal, wie die Roten eben am hitzigsten auf ihren Fang aus* waren, ersah die andere Partei ihren Vorteil und erstieg schnell wie der Blitz das fremde, ganz den Mädchen überlassene Schiff unter großem Gekreische der letztern. Der nobelste der Burschen, wie ein Merkur gewachsen, flog mit freudestrahlendem Gesicht auf die schönste zu, umfaßte, küßte sie, die, weit entfernt in das Geschrei der andern einzustimmen, ihre Arme gleichfalls feurig um den ihr wohlbekannten Jüngling schlang. Die betrogene Schar schwamm zwar eilends herbei, wurde aber mit Rudern und Waffen vom Bord abgetrieben. Ihre unnütze Wut, das Angstgeschrei der Mädchen, der gewaltsame Widerstand einiger von ihnen, ihr Bitten und Flehen, fast erstickt vom übrigen Alarm,* des Wassers, der Musik, die plötzlich einen andern Charakter angenommen hatte — es war schön über alle Beschreibung, und die Zuschauer brachen darüber in einen Sturm von Begeisterung aus.

„In diesem Moment nun entwickelte sich das bisher locker eingebundene Segel: daraus ging ein rosiger Knabe hervor mit silbernen Schwingen, mit Bogen, Pfeil und Köcher, und in anmutvoller Stellung schwebte er frei auf der Stange. Schon sind die Ruder alle in voller Tätigkeit, das Segel blähte sich auf: allein gewaltiger als beides schien die Gegenwart des Gottes und seine heftig vorwärtseilende Gebärde das Fahrzeug fortzutreiben, dergestalt, daß die fast atemlos nachsetzenden Schwimmer, deren einer den goldenen Fisch hoch mit der Linken über seinem Haupte hielt, die Hoffnung bald aufgaben und bei erschöpften Kräften notgedrungen ihre Zuflucht zu dem verlassenen Schiffe nahmen. Derweil* haben die Grünen eine kleine bebuschte Halbinsel erreicht, wo sich unerwartet ein stattliches Boot mit bewaffneten Kameraden im Hinterhalt zeigte. Im Angesicht so drohender Umstände pflanzte das Häufchen eine weiße Flagge auf, zum Zeichen, daß man gütlich unterhandeln wolle. Durch ein gleiches Signal von jenseits ermuntert, fuhren sie auf jenen Haltort zu, und bald sah man daselbst die guten Mädchen alle, bis auf die eine, die mit Willen blieb, vergnügt mit ihren Liebhabern das eigene Schiff besteigen. — Hiemit war die Komödie beendigt."*

„Mir deucht", so flüsterte Eugenie mit leuchtenden Augen dem Baron in einer Pause zu, worin sich jedermann beifällig über das eben Gehörte aussprach, „wir haben hier eine gemalte Symphonie von Anfang bis zu Ende gehabt, und ein vollkommenes Gleichnis überdies des Mozartischen Geistes selbst in seiner ganzen Heiterkeit! Hab ich nicht recht? ist nicht die ganze Anmut ‚Figaros' darin?"

Der Bräutigam war im Begriff, ihre Bemerkung dem Komponisten mitzuteilen, als dieser zu reden fortfuhr.

„Es sind nun siebzehn Jahre her, daß ich Italien sah. Wer, der es einmal sah, insonderheit Neapel, denkt nicht sein Leben lang daran, und wär er auch, wie ich, noch halb in Kinderschuhen gesteckt! So lebhaft aber wie heut in Ihrem Garten war mir der letzte schöne Abend am Golf⋆ kaum jemals wieder aufgegangen. Wenn ich die Augen schloß — ganz deutlich, klar und hell, den letzten Schleier von sich hauchend, lag die himmlische Gegend vor mir verbreitet! Meer und Gestade, Berg und Stadt, die bunte Menschenmenge an dem Ufer hin, und dann das wundersame Spiel der Bälle durcheinander! Ich glaubte wieder dieselbe Musik in den Ohren zu haben, ein ganzer Rosenkranz von fröhlichen Melodien zog innerlich an mir vorbei, Fremdes und Eigenes, Krethi und Plethi,⋆ eines immer das andre ablösend. Von ungefähr springt ein Tanzliedchen hervor, Sechsachtelstakt, mir völlig neu. — Halt, dacht ich, was gibt's hier? Das scheint ein ganz verteufelt niedliches Ding! Ich sehe näher zu — alle Wetter! das ist ja Masetto, das ist ja Zerlina!"⋆ — Er lachte gegen Madame Mozart hin, die ihn sogleich erriet.

„Die Sache", fuhr er fort, „ist einfach diese. In meinem ersten Akt blieb eine kleine leichte Nummer unerledigt, Duett und Chor einer ländlichen Hochzeit. Vor zwei Monaten nämlich, als ich dieses Stück der Ordnung nach vornehmen wollte, da fand sich auf den ersten Wurf das Rechte nicht alsbald. Eine Weise, einfältig und kindlich und sprützend⋆ von Fröhlichkeit über und über, ein frischer Busenstrauß⋆ mit Flatterband dem Mädel angesteckt, so mußte es sein. Weil man nun im geringsten nichts erzwingen soll, und weil dergleichen Kleinigkeiten sich oft gelegentlich von selber machen, ging ich darüber weg und sah mich im Verfolg der größeren Arbeit kaum wieder danach um. Ganz flüchtig kam mir heut im Wagen, kurz eh wir ins

Dorf hereinfuhren, der Text in den Sinn; da spann sich denn
weiter nichts an, zum wenigsten nicht daß ich's wüßte. Genug, ein
Stündchen später, in der Laube beim Brunnen, erwisch ich ein
Motiv,* wie ich es glücklicher und besser zu keiner andern Zeit,
auf keinem andern Weg erfunden haben würde. Man macht
bisweilen in der Kunst besondere Erfahrungen, ein ähnlicher
Streich* ist mir nie vorgekommen. Denn eine Melodie, dem
Vers wie auf den Leib gegossen — doch, um nicht vorzugreifen,
so weit sind wir noch nicht, der Vogel hatte nur den Kopf erst
aus dem Ei, und auf der Stelle fing ich an, ihn vollends rein
herauszuschälen. Dabei schwebte mir lebhaft der Tanz der
Zerline vor Augen, und wunderlich spielte zugleich die lachende
Landschaft am Golf von Neapel herein. Ich hörte die wechseln-
den Stimmen des Brautpaars,* die Dirnen und Bursche im
Chor."

Hier trällerte Mozart ganz lustig den Anfang des Liedchens:

> *Giovinette, che fatte all' amore, che fatte all' amore,*
> *Non lasciate, che passi l'età, che passi l'età, che passi l'età!*
> *Se nel seno vi bulica il core, vi bulica il core,*
> *Il remedio vedete lo quà! La la la! La la la!*
> *Che piacer, che piacer che sarà!*
> *Ah la la! Ah la la u.s.f.†*

„Mittlerweile hatten meine Hände das große Unheil ange-
richtet. Die Nemesis* lauerte schon an der Hecke und trat jetzt
hervor in Gestalt des entsetzlichen Mannes im galonierten blauen
Rock. Ein Ausbruch des Vesuvio,* wenn er in Wirklichkeit
damals an dem göttlichen Abend am Meer Zuschauer und
Akteurs, die ganze Herrlichkeit Parthenopes* mit einem
schwarzen Aschenregen urplötzlich verschüttet und zugedeckt
hätte, bei Gott, die Katastrophe wäre mir nicht unerwarteter
und schrecklicher gewesen. Der Satan der! so heiß hat mir nicht
leicht jemand gemacht.* Ein Gesicht wie aus Erz — einigermaßen dem grausamen römischen Kaiser Tiberius* ähnlich!

> † Liebe Schwestern, zur Liebe geboren,
> Nützt der Jugend schön blühende Zeit!
> Hängt ihr's Köpfchen in Sehnsucht verloren,
> Amor ist euch zu helfen bereit.
>   Tral la la!
> Welch Vergnügen erwartet euch da! usw.

31

Sieht so der Diener aus, dacht ich, nachdem er weggegangen, wie mag erst Seine Gnaden selbst dreinsehen! Jedoch, die Wahrheit zu gestehn, ich rechnete schon ziemlich auf den Schutz der Damen, und das nicht ohne Grund. Denn diese Stanzel★ da, mein Weibchen, etwas neugierig von Natur, ließ sich im Wirtshaus von der dicken Frau das Wissenswürdigste von denen★ sämtlichen Persönlichkeiten der gnädigen Herrschaft in meinem Beisein erzählen, ich stand dabei und hörte so —"

Hier konnte Madame Mozart nicht umhin, ihm in das Wort zu fallen und auf das angelegentlichste zu versichern, daß im Gegenteil *er* der Ausfrager gewesen; es kam zu heitern Kontestationen zwischen Mann und Frau, die viel zu lachen gaben. — „Dem sei nun wie ihm wolle", sagte er, „kurzum, ich hörte so entfernt etwas von einer lieben Pflegetochter, welche Braut, sehr schön, dazu die Güte selber sei und singe wie ein Engel. *Per Dio!*★ fiel mir jetzt ein, das hilft dir aus der Lauge! Du setzt dich auf der Stelle hin, schreibst 's Liedchen auf, soweit es geht, erklärst die Sottise der Wahrheit gemäß, und es gibt einen trefflichen Spaß. Gedacht, getan. Ich hatte Zeit genug, auch fand sich noch ein sauberes Bögchen grün liniert Papier.★ — Und hier ist das Produkt! Ich lege es in diese schönen Hände, ein Brautlied★ aus dem Stegreif, wenn Sie es dafür gelten lassen."

So reichte er sein reinlichst geschriebenes Notenblatt Eugenien über den Tisch, des Onkels Hand kam aber der ihrigen zuvor, er haschte es hinweg und rief: „Geduld noch einen Augenblick, mein Kind!"

Auf seinen Wink tat sich die Flügeltüre des Salons weit auf, und es erschienen einige Diener, die den verhängnisvollen Pomeranzenbaum anständig, ohne Geräusch in den Saal hereintrugen und an der Tafel unten auf eine Bank niedersetzten; gleichzeitig wurden rechts und links zwei schlanke Myrtenbäumchen aufgestellt. Eine am Stamm des Orangenbaums befestigte Inschrift bezeichnete ihn als Eigentum der Braut; vorn aber, auf dem Moosgrund, stand, mit einer Serviette bedeckt, ein Porzellanteller, der, als man das Tuch hinwegnahm, eine zerschnittene Orange zeigte, neben welche der Oheim mit listigem Blick des Meisters Autographon★ steckte. Allgemeiner unendlicher Jubel erhob sich darüber.

„Ich glaube gar", sagte die Gräfin, „Eugenie weiß noch nicht einmal, was eigentlich da vor ihr steht? Sie kennt wahrhaftig ihren alten Liebling in seinem neuen Flor und Früchteschmuck nicht mehr!"

Bestürzt, ungläubig sah das Fräulein bald den Baum, bald ihren Oheim an. „Es ist nicht möglich", sagte sie. „Ich weiß ja wohl, er war nicht mehr zu retten."

„Du meinst also", versetzte jener, „man habe dir nur irgend ungefähr so ein Ersatzstück ausgesucht? Das wär was Rechts! Nein, sieh nur her — ich muß es machen, wie's in der Komödie der Brauch ist, wo sich die totgeglaubten Söhne oder Brüder durch ihre Muttermäler und Narben legitimieren. Schau diesen Auswuchs da! und hier die Schrunde übers Kreuz,* du mußt sie hundertmal bemerkt haben. Wie, ist er's, oder ist er's nicht?" — Sie konnte nicht mehr zweifeln; ihr Staunen, ihre Rührung und Freude war unbeschreiblich.

Es knüpfte sich an diesen Baum für die Familie das mehr als hundertjährige Gedächtnis einer ausgezeichneten Frau, welche wohl verdient, daß wir ihrer mit wenigem hier gedenken.

Des Oheims Großvater, durch seine diplomatischen Verdienste im Wiener Kabinett rühmlich bekannt, von zwei Regenten nacheinander mit gleichem Vertrauen beehrt, war innerhalb seines eigenen Hauses nicht minder glücklich im Besitz einer vortrefflichen Gemahlin, Renate Leonore. Ihr wiederholter Aufenthalt in Frankreich brachte sie vielfach mit dem glänzenden Hofe Ludwigs XIV.* und mit den bedeutendsten Männern und Frauen dieser merkwürdigen Epoche in Berührung. Bei ihrer unbefangenen Teilnahme an jenem steten Wechsel des geistreichsten Lebensgenusses verleugnete sie auf keinerlei Art, in Worten und Werken, die angestammte deutsche Ehrenfestigkeit und sittliche Strenge, die sich in den kräftigen Zügen des noch vorhandenen Bildnisses der Gräfin unverkennbar ausprägt. Vermöge eben dieser Denkungsweise übte sie in der gedachten Sozietät* eine eigentümliche naive Opposition, und ihre hinterlassene Korrespondenz weist eine Menge Spuren davon auf, mit wieviel Freimut und herzhafter Schlagfertigkeit, es mochte nun von Glaubenssachen, von Literatur und Politik, oder von was immer die Rede sein, die originelle Frau ihre gesunden Grundsätze und Ansichten zu verteidigen, die Blößen der Gesellschaft anzugreifen wußte, ohne doch dieser im mindesten sich lästig zu machen. Ihr reges Interesse für sämtliche Personen, die man im Hause einer Ninon,* dem eigentlichen Herd der feinsten Geistesbildung, treffen konnte, war demnach so beschaffen und geregelt, daß es sich mit dem höheren Freundschaftsverhältnis zu einer der edelsten Damen jener Zeit, der Frau von Sévigné,* vollkommen wohl vertrug. Neben manchen mutwilligen Scherzen Chapelles* an sie, vom Dichter eigenhändig auf Blätter mit silberblumigem Rande gekritzelt, fanden sich die liebevollsten Briefe der Marquisin und ihrer Tochter an die ehrliche Freundin aus Österreich nach ihrem Tod in einem Ebenholzschränkchen der Großmutter vor.*

Frau von Sévigné war es denn auch, aus deren Hand sie eines Tages, bei einem Feste zu Trianon,* auf der Terrasse des Gartens den blühenden Orangenzweig empfing, den sie sofort auf das Geratewohl in einen Topf setzte und glücklich angewurzelt mit nach Deutschland nahm.

Wohl fünfundzwanzig Jahre wuchs das Bäumchen unter ihren Augen allgemach heran und wurde später von Kindern und Enkeln mit äußerster Sorgfalt gepflegt. Es konnte nächst seinem persönlichen Werte zugleich als lebendes Symbol der feingeistigen Reize eines beinahe vergötterten Zeitalters gelten, worin wir heutzutage freilich des wahrhaft Preiseswerten wenig finden können, und das schon eine unheilvolle Zukunft* in sich trug, deren welterschütternder Eintritt dem Zeitpunkt unserer harmlosen Erzählung bereits nicht ferne mehr lag.

Die meiste Liebe widmete Eugenie dem Vermächtnis der würdigen Ahnfrau, weshalb der Oheim öfters merken ließ, es dürfte wohl einst eigens in ihre Hände übergehen. Desto schmerzlicher war es dem Fräulein denn auch, als der Baum im Frühling des vorigen Jahres, den sie nicht hier zubrachte, zu trauern begann, die Blätter gelb wurden und viele Zweige abstarben. In Betracht, daß irgendeine besondere Ursache seines Verkommens durchaus nicht zu entdecken war und keinerlei Mittel anschlug, gab ihn der Gärtner bald verloren, obwohl er seiner natürlichen Ordnung nach leicht zwei- und dreimal älter werden konnte. Der Graf hingegen, von einem benachbarten Kenner beraten, ließ ihn nach einer sonderbaren, selbst rätselhaften Vorschrift, wie sie das Landvolk häufig hat, in einem abgesonderten Raume ganz insgeheim behandeln, und seine Hoffnung, die geliebte Nichte eines Tags mit dem zu neuer Kraft und voller Fruchtbarkeit gelangten alten Freund zu überraschen, ward über alles Erwarten erfüllt. Mit Überwindung seiner Ungeduld und nicht ohne Sorge, ob denn wohl auch die Früchte, von denen etliche zuletzt den höchsten Grad der Reife hatten, so lang am Zweige halten würden, verschob er die Freude um mehrere Wochen auf das heutige Fest, und es bedarf nun weiter keines Worts darüber, mit welcher Empfindung der gute Herr ein solches Glück noch im letzten Moment durch einen Unbekannten sich verkümmert sehen mußte.

Der Leutnant hatte schon vor Tische Gelegenheit und Zeit gefunden, seinen dichterischen Beitrag zu der feierlichen Übergabe ins reine zu bringen und seine vielleicht ohnehin etwas zu ernst gehaltenen Verse durch einen veränderten Schluß den Umständen möglichst anzupassen. Er zog nunmehr sein Blatt hervor, das er, vom Stuhle sich erhebend und an die Cousine gewendet, vorlas. Der Inhalt der Strophen war kurz gefaßt dieser:

Ein Nachkömmling des vielgepries'nen Baums der Hesperiden,* der vor alters, auf einer westlichen Insel, im Garten der Juno, als eine Hochzeitsgabe für sie von Mutter Erde, hervorgesproßt war, und welchen die drei melodischen Nymphen bewachten, hat eine ähnliche Bestimmung von jeher gewünscht und gehofft, da der Gebrauch, eine herrliche Braut mit seinesgleichen zu beschenken, von den Göttern vorlängst* auch unter die Sterblichen kam.

Nach langem vergeblichen Warten scheint endlich die Jungfrau gefunden, auf die er seine Blicke richten darf. Sie erzeigt sich ihm günstig und verweilt oft bei ihm. Doch der musische Lorbeer,* sein stolzer Nachbar am Bord der Quelle, hat seine Eifersucht erregt, indem er droht, der kunstbegabten Schönen Herz und Sinn für die Liebe der Männer zu rauben. Die Myrte* tröstet ihn umsonst und lehrt ihn Geduld durch ihr eigenes Beispiel; zuletzt jedoch ist es die andauernde Abwesenheit der Liebsten, was seinen Gram vermehrt und ihm, nach kurzem Siechtum, tödlich wird.

Der Sommer bringt die Entfernte und bringt sie mit glücklich umgewandtem Herzen zurück. Das Dorf, das Schloß, der Garten, alles empfängt sie mit tausend Freuden. Rosen und Lilien, in erhöhtem Schimmer, sehen entzückt und beschämt zu ihr auf, Glück winken ihr Sträucher und Bäume: für *einen*, ach, den edelsten, kommt sie zu spät. Sie findet seine Krone verdorrt, ihre Finger betasten den leblosen Stamm und die klirrenden Spitzen seines Gezweigs. Er kennt und sieht seine Pflegerin nimmer.★ Wie weint sie, wie strömt ihre zärtliche Klage!

Apollo von weitem vernimmt die Stimme der Tochter. Er kommt, er tritt herzu und schaut mitfühlend ihren Jammer. Alsbald mit seinen allheilenden Händen★ berührt er den Baum, daß er in sich erbebt, der vertrocknete Saft in der Rinde gewaltsam anschwillt, schon junges Laub ausbricht, schon weiße Blumen da und dort in ambrosischer Fülle aufgehen. Ja — denn was vermöchten die Himmlischen nicht? — schön runde Früchte setzen an, dreimal drei, nach der Zahl der neun Schwestern; sie wachsen und wachsen, ihr kindliches Grün zusehends mit der Farbe des Goldes vertauschend. Phöbus — so schloß sich das Gedicht —

> Phöbus★ überzählt die Stücke,
> Weidet selbsten★ sich daran,
> Ja, es fängt im Augenblicke
> Ihm der Mund zu wässern an;
>
> Lächelnd nimmt der Gott der Töne
> Von der saftigsten Besitz:
> „Laß uns teilen, holde Schöne,
> Und für Amorn—diesen Schnitz!"

Der Dichter erntete rauschenden Beifall, und gern verzieh man die barocke Wendung,★ durch welche der Eindruck des wirklich gefühlvollen Ganzen so völlig aufgehoben wurde.

Franziska, deren froher Mutterwitz schon zu verschiedenen Malen bald durch den Hauswirt, bald durch Mozart in Bewegung gesetzt worden war, lief jetzt geschwinde, wie von ungefähr an etwas erinnert, hinweg, und kam zurück mit einem braunen englischen Kupferstich größten Formats, welcher wenig beachtet in einem ganz entfernten Kabinett unter Glas und Rahmen hing.

„Es muß doch wahr sein, was ich immer hörte", rief sie aus, indem sie das Bild am Ende der Tafel aufstellte, „daß sich unter der Sonne nichts Neues begibt! Hier eine Szene aus dem goldenen Weltalter★ — und haben wir sie nicht erst heute erlebt? Ich hoffe doch, Apollo werde sich in dieser Situation erkennen."

„Vortrefflich!" triumphierte Max, „da hätten wir ihn ja, den schönen Gott, wie er sich just gedankenvoll über den heiligen Quell* hinbeugt. Und damit nicht genug — dort, seht nur, einen alten Satyr hinten im Gebüsch, der ihn belauscht! Man möchte darauf schwören, Apoll besinnt sich eben auf ein lange vergessenes arkadisches Tänzchen, das ihn in seiner Kindheit der alte Chiron zu der Zither lehrte."

„So. ist's! nicht anders!" applaudierte Franziska, die hinter Mozart stand. „Und", fuhr sie gegen diesen fort, „bemerken Sie auch wohl den fruchtbeschwerten Ast, der sich zum Gott heruntersenkt?"

„Ganz recht; es ist der ihm geweihte Ölbaum."

„Keineswegs! die schönsten Apfelsinen sind's! Gleich wird er sich in der Zerstreuung eine herunterholen."

„Vielmehr", rief Mozart, „er wird gleich diesen Schelmenmund mit tausend Küssen schließen!" Damit erwischte er sie am Arm und schwur, sie nicht mehr loszulassen, bis sie ihm ihre Lippen reiche, was sie denn auch ohne vieles Sträuben tat.

„Erkläre uns doch, Max", sagte die Gräfin, „was unter dem Bilde hier steht!"

„Es sind Verse aus einer berühmten Horazischen Ode. Der Dichter Ramler* in Berlin hat uns das Stück vor kurzem unübertrefflich deutsch gegeben. Es ist vom höchsten Schwung. Wie prächtig eben diese *eine* Stelle:

— — — hier, der auf der Schulter
Keinen untätigen Bogen führet!

Der seines Delos grünenden Mutterhain
Und Pataras beschatteten Strand bewohnt,
Der seines Hauptes goldne Locken
In die kastalischen Fluten tauchet."

„Schön! wirklich schön!" sagte der Graf, „nur hie und da bedarf es der Erläuterung. So z. B., ‚der keinen untätigen Bogen führt' hieße natürlich schlechtweg:* der allezeit einer der fleißigsten Geiger gewesen. Doch, was ich sagen wollte: bester Mozart, Sie säen Unkraut zwischen zwei zärtliche Herzen."

„Ich will nicht hoffen — wieso?"

„Eugenie beneidet ihre Freundin und hat auch allen Grund."

„Aha, Sie haben mir schon meine schwache Seite abgemerkt. Aber was sagt der Bräutigam dazu?"

„Ein- oder zweimal will ich durch die Finger sehen."

„Sehr gut; wir werden der Gelegenheit wahrnehmen.* Indes fürchten Sie nichts, Herr Baron; es hat keine Gefahr, solang mir nicht der Gott hier sein Gesicht und seine langen gelben Haare borgt. Ich wünsche wohl, er tät's! er sollte auf der Stelle Mozarts Zopf mitsamt seinem schönsten Bandl dafür haben."

„Apollo möge aber dann zusehen", lachte Franziska, „wie er es anfängt künftig, seinen neuen französischen Haarschmuck mit Anstand in die kastalische Flut zu tauchen!"

Unter diesen und ähnlichen Scherzen stieg Lustigkeit und Mutwillen immer mehr. Die Männer spürten nach und nach den Wein, es wurden eine Menge Gesundheiten getrunken, und Mozart kam in den Zug, nach seiner Gewohnheit in Versen zu sprechen,* wobei ihm der Leutnant das Gleichgewicht hielt und auch der Papa nicht zurückbleiben wollte; es glückte ihm ein paarmal zum Verwundern. Doch solche Dinge lassen sich für die Erzählung kaum festhalten, sie wollen eigentlich nicht wiederholt sein, weil eben das, was sie an ihrem Ort unwiderstehlich macht, die allgemein erhöhte Stimmung, der Glanz, die Jovialität des persönlichen Ausdrucks in Wort und Blick fehlt.

Unter andern wurde von dem alten Fräulein zu Ehren des Meisters ein Toast ausgebracht, der ihm noch eine ganze lange Reihe unsterblicher Werke verhieß. — „*A la bonne heure!*★ ich bin dabei!" rief Mozart und stieß sein Kelchglas kräftig an. Der Graf begann hierauf mit großer Macht und Sicherheit der Intonation, kraft eigener Eingebung, zu singen:

> Mögen ihn die Götter stärken
> Zu den angenehmen Werken —
> Max (fortfahrend):
> Wovon der da Ponte★ weder
> Noch der große Schikaneder★ —
> Mozart:
> Noch bi Gott der Komponist
> 's mindest weiß zu dieser Frist!
> Graf:

Alle, alle soll sie jener
Hauptspitzbub von Italiener
Noch erleben, wünsch ich sehr,
Unser Signor Bonbonnière!†
Max:
Gut, ich geb ihm hundert Jahre —
Mozart:
Wenn ihn nicht samt seiner Ware —
Alle drei (*con forza*):
Noch der Teufel holt vorher,
Unsern Monsieur Bonbonnière.

Durch des Grafen ausnehmende Singlust schweifte das zufällig entstandene Terzett mit Wiederaufnahme der letzten vier Zeilen in einen sogenannten endlichen Kanon★ aus, und die Fräulein Tante besaß Humor oder Selbstvertrauen genug, ihren verfallenen Sopran mit allerhand Verzierungen zweckdienlich einzumischen. Mozart gab nachher das Versprechen, bei guter Muße diesen Spaß nach den Regeln der Kunst expreß für die Gesellschaft auszuführen, das er auch später von Wien aus erfüllte.★

Eugenie hatte sich im stillen längst mit ihrem Kleinod aus der Laube des Tiberius★ vertraut gemacht; allgemein verlangte man jetzt, das Duett vom Komponisten und ihr gesungen zu hören, und der Oheim war glücklich, im Chor seine Stimme abermals geltend zu machen. Also erhob man sich und eilte zum Klavier ins große Zimmer nebenan.

Ein so reines Entzücken nun auch das köstliche Stück bei allen erregte, so führte doch sein Inhalt selbst, mit einem raschen Übergang, auf den Gipfel geselliger Lust, wo die Musik an und für sich nicht weiter in Betracht mehr kommt, und zwar gab zuerst unser Freund das Signal, indem er vom Klavier aufsprang, auf Franziska zuging und sie, während Max bereitwilligst die Violine ergriff, zu einem Schleifer persuadierte. Der Hauswirt säumte nicht, Madame Mozart aufzufordern. Im Nu waren alle beweglichen Möbel, den Raum zu erweitern, durch geschäftige Diener entfernt. Es mußte nach und nach ein jedes an die Tour, und Fräulein Tante nahm es keineswegs übel, daß

---

†So nannte Mozart unter Freunden seinen Kollegen Salieri, der wo er ging und stand Zuckerwerk naschte, zugleich mit Anspielung auf das Zierliche seiner Person.

der galante Leutnant sie zu einer Menuett abholte, worin sie sich völlig verjüngte. Schließlich, als Mozart mit der Braut den Kehraus tanzte, nahm er sein versichertes Recht auf ihren schönen Mund in bester Form dahin.

Der Abend war herbeigekommen, die Sonne nah am Untergehen, es wurde nun erst angenehm im Freien, daher die Gräfin den Damen vorschlug, sich im Garten noch ein wenig zu erholen. Der Graf dagegen lud die Herrn auf das Billardzimmer, da Mozart bekanntlich dies Spiel sehr liebte. So teilte man sich denn in zwei Partien, und wir unsererseits folgen den Frauen.

Nachdem sie den Hauptweg einigemal gemächlich auf und ab gegangen, erstiegen sie einen runden, von einem hohen Rebengeländer zur Hälfte umgebenen Hügel, von wo man in das offene Feld, auf das Dorf und die Landstraße sah. Die letzten Strahlen der herbstlichen Sonne funkelten rötlich durch das Weinlaub herein.

„Wäre hier nicht vertraulich zu sitzen", sagte die Gräfin, „wenn Madame Mozart uns etwas von sich und dem Gemahl erzählen wollte?"

Sie war ganz gerne bereit, und alle nahmen höchst behaglich auf den im Kreis herbeigerückten Stühlen Platz.

„Ich will etwas zum besten geben, das Sie auf alle Fälle hätten hören müssen, da sich ein kleiner Scherz darauf bezieht, den ich im Schilde führe. Ich habe mir in Kopf gesetzt, der Gräfin Braut zur fröhlichen Erinnerung an diesen Tag ein Angebind von sonderlicher Qualität zu verehren. Dasselbe ist so wenig Gegenstand des Luxus und der Mode,* daß es lediglich nur durch seine Geschichte einigermaßen interessieren kann."

„Was mag das sein, Eugenie?" sagte Franziska; „zum wenigsten das Tintenfaß eines berühmten Mannes."

„Nicht allzuweit gefehlt! Sie sollen es noch diese Stunde sehen; im Reisekoffer liegt der Schatz. Ich fange an, und werde mit Ihrer Erlaubnis ein wenig weiter ausholen.

„Vorletzten Winter wollte mir Mozarts Gesundheitszustand, durch vermehrte Reizbarkeit und häufige Verstimmung, ein fieberhaftes Wesen, nachgerade bange machen. In Gesellschaft noch zuweilen lustig, oft mehr als recht natürlich, war er zu Haus meist trüb in sich hinein, seufzte und klagte. Der Arzt empfahl ihm Diät, Pyrmonter* und Bewegung außerhalb der Stadt. Der Patient gab nicht viel auf den guten Rat; die Kur war unbequem, zeitraubend, seinem Taglauf schnurstracks entgegen. Nun machte ihm der Doktor die Hölle etwas heiß, er mußte eine lange Vorlesung anhören von der Beschaffenheit des menschlichen Geblüts, von denen Kügelgens★ darin, vom Atemholen und vom Phlogiston★ — halt unerhörte Dinge; auch wie es eigentlich gemeint sei von der Natur mit Essen, Trinken und Verdauen, das eine Sache ist, worüber Mozart bis dahin ganz ebenso unschuldig dachte wie sein Junge von fünf Jahren. Die Lektion, in der Tat, machte merklichen Eindruck. Der Doktor war noch keine halbe Stunde weg, so find ich meinen Mann nachdenklich, aber mit aufgeheitertem Gesicht, auf seinem Zimmer über der Betrachtung eines Stocks, den er in einem Schrank mit alten Sachen suchte und auch glücklich fand; ich hätte nicht gemeint, daß er sich dessen nur erinnerte. Er stammte noch von meinem Vater, ein schönes Rohr mit hohem Knopf von Lapislazuli. Nie sah man einen Stock in Mozarts Hand, ich mußte lachen.

„„Du siehst', rief er, ‚ich bin daran, mit meiner Kur mich völlig ins Geschirr zu werfen. Ich will das Wasser trinken, mir alle Tage Motion im Freien machen und mich dabei dieses Stabes bedienen. Da sind mir nun verschiedene Gedanken beigegangen.★ Es ist doch nicht umsonst, dacht ich, daß andere Leute, was da★ gesetzte Männer sind, den Stock nicht missen können. Der Kommerzienrat,★ unser Nachbar, geht niemals über die Straße, seinen Gevatter zu besuchen, der Stock muß mit. Professionisten★ und Beamte, Kanzleiherrn, Krämer und Chalanten,★ wenn sie am Sonntag mit Familie vor die Stadt spazieren, ein jeder führt sein wohlgedientes, rechtschaffenes Rohr mit sich. Vornehmlich hab ich oft bemerkt, wie auf dem Stephansplatz,★ ein Viertelstündchen vor der Predigt und dem Amt, ehrsame Bürger da und dort truppweis beisammen stehen im Gespräch: hier kann man so recht sehen, wie eine jede ihrer stillen Tugenden, ihr Fleiß und Ordnungsgeist, gelaßner Mut, Zufriedenheit, sich auf die wackern Stöcke gleichsam als eine gute Stütze lehnt und stemmt. Mit *einem* Wort, es muß ein Segen und besonderer Trost in der altväterischen und immerhin etwas geschmacklosen Gewohnheit liegen. Du magst es glauben oder nicht, ich kann es kaum erwarten, bis ich mit diesem guten Freund das erstemal

im Gesundheitspaß* über die Brücke nach dem Rennweg*
promeniere! Wir kennen uns bereits ein wenig, und ich hoffe,
daß unsere Verbindung für alle Zeit geschlossen ist.'

„Die Verbindung war von kurzer Dauer: das drittemal, daß
beide miteinander aus waren, kam der Begleiter nicht mehr mit
zurück. Ein anderer wurde angeschafft, der etwas länger Treue
hielt, und jedenfalls schrieb ich der Stockliebhaberei ein gut
Teil von der Ausdauer zu, womit Mozart drei Wochen lang der
Vorschrift seines Arztes ganz erträglich nachkam. Auch blieben
die guten Folgen nicht aus; wir sahen ihn fast nie so frisch, so
hell und von so gleichmäßiger Laune. Doch machte er sich
leider in kurzem wieder allzu grün,* und täglich hatt ich deshalb
meine Not mit ihm. Damals geschah es nun, daß er, ermüdet
von der Arbeit eines anstrengenden Tages, noch spät, ein paar
neugieriger Reisenden wegen, zu einer musikalischen Soiree
ging — auf eine Stunde bloß, versprach er mir heilig und teuer;
doch das sind immer die Gelegenheiten, wo die Leute, wenn er
nur erst am Flügel festsitzt und im Feuer ist, seine Gutherzigkeit
am mehrsten* mißbrauchen; denn da sitzt er alsdann wie das
Männchen in einer Montgolfiere,* sechs Meilen hoch über dem
Erdboden schwebend, wo man die Glocken nicht mehr schlagen
hört. Ich schickte den Bedienten zweimal mitten in der Nacht
dahin, umsonst; er konnte nicht zu seinem Herrn gelangen.
Um drei Uhr früh kam dieser denn endlich nach Haus. Ich nahm
mir vor, den ganzen Tag ernstlich mit ihm zu schmollen."

Hier überging Madame Mozart einige Umstände mit Still-
schweigen. Es war, muß man wissen, nicht unwahrscheinlich,
daß zu gedachter Abendunterhaltung auch eine junge Sängerin,
Signora Malerbi,* kommen würde, an welcher Frau Constanze
mit allem Recht Ärgernis nahm. Diese Römerin war durch
Mozarts Verwendung bei der Oper angestellt worden, und ohne
Zweifel hatten ihre koketten Künste nicht geringen Anteil an
der Gunst des Meisters. Sogar wollten einige wissen, sie habe ihn
mehrere Monate lang eingezogen und heiß genug auf ihrem Rost
gehalten. Ob dies nun völlig wahr sei oder sehr übertrieben,
gewiß ist, sie benahm sich nachher frech und undankbar und
erlaubte sich selbst Spöttereien über ihren Wohltäter. So war
es ganz in ihrer Art, daß sie ihn einst, gegenüber einem ihrer
glücklichern Verehrer, kurzweg *un piccolo grifo raso* (ein kleines

rasiertes Schweinsrüsselchen) nannte. Der Einfall, einer Circe★ würdig, war um so empfindlicher, weil er, wie man gestehen muß, immerhin ein Körnchen Wahrheit★ enthielt.†

Beim Nachhausegehen von jener Gesellschaft, bei welcher übrigens die Sängerin zufällig nicht erschienen war, beging ein Freund im Übermut des Weins die Indiskretion, dem Meister dies boshafte Wort zu verraten. Er wurde schlecht davon erbaut, denn eigentlich war es für ihn der erste unzweideutige Beweis von der gänzlichen Herzlosigkeit seines Schützlings. Vor lauter Entrüstung darüber empfand er nicht einmal sogleich den frostigen Empfang am Bette seiner Frau. In *einem* Atem teilte er ihr die Beleidigung mit, und diese Ehrlichkeit läßt wohl auf einen mindern Grad von Schuldbewußtsein schließen. Fast machte er ihr Mitleid rege. Doch hielt sie geflissentlich an sich, es sollte ihm nicht so leicht hingehen. Als er von einem schweren Schlaf kurz nach Mittag erwachte, fand er das Weibchen samt den beiden Knaben nicht zu Hause, vielmehr säuberlich den Tisch für ihn allein gedeckt.

Von jeher gab es wenige Dinge, welche Mozart so unglücklich machten, als wenn nicht alles hübsch eben und heiter zwischen ihm und seiner guten Hälfte stand. Und hätte er nun erst gewußt, welche weitere Sorge sie schon seit mehreren Tagen mit sich herumtrug! — eine der schlimmsten in der Tat, mit deren Eröffnung sie ihn nach alter Gewohnheit so lang wie möglich verschonte. Ihre Barschaft war ehestens alle,★ und keine Aussicht auf baldige Einnahme da. Ohne Ahnung von dieser häuslichen Extremität war gleichwohl sein Herz auf eine Art beklommen, die mit jenem verlegenen, hülflosen Zustand eine gewisse Ähnlichkeit hatte. Er mochte nicht essen, er konnte nicht bleiben. Geschwind zog er sich vollends an, um nur aus der Stickluft des Hauses zu kommen. Auf einem offenen Zettel hinterließ er ein paar Zeilen italienish: „Du hast mir's redlich eingetränkt, und geschieht mir schon recht. Sei aber wieder gut, ich bitte dich, und lache wieder, bis ich heimkomme. Mir ist zumut, als möcht ich ein Kartäuser und Trappiste★ werden, ein rechter Heulochs,★

†Man hat hier ein älteres kleines Profilbild im Auge, das, gut gezeichnet und gestochen, sich auf dem Titelblatt eines Mozartschen Klavierwerks befindet, unstreitig das ähnlichste von allen, auch neuerdings im Kunsthandel erschienenen Porträts.

sag ich dir!" — Sofort nahm er den Hut, nicht aber auch den Stock zugleich; der hatte seine Epoche passiert.

Haben wir Frau Constanze bis hieher in der Erzählung abgelöst, so können wir auch wohl noch eine kleine Strecke weiter fortfahren.

Von seiner Wohnung bei der Schranne,* rechts gegen das Zeughaus einbiegend, schlenderte der teure Mann — es war ein warmer, etwas umwölkter Sommernachmittag — nachdenklich lässig über den sogenannten Hof, und weiter an der Pfarre zu Unsrer Lieben Frau vorbei, dem Schottentor entgegen, wo er seitwärts zur Linken auf die Mölkerbastei stieg und dadurch der Ansprache mehrerer Bekannten, die eben zur Stadt hereinkamen, entging. Nur kurze Zeit genoß er hier, obwohl von einer stumm bei den Kanonen auf und nieder gehenden Schildwache nicht belästigt, der vortrefflichen Aussicht über die grüne Ebene des Glacis und die Vorstädte hin nach dem Kahlenberg und südlich nach den steierischen Alpen. Die schöne Ruhe der äußern Natur widersprach seinem innern Zustand. Mit einem Seufzer setzte er seinen Gang über die Esplanade und sodann durch die Alser-Vorstadt ohne bestimmten Zielpunkt fort.

Am Ende der Währinger Gasse lag eine Schenke mit Kegelbahn, deren Eigentümer, ein Seilermeister, durch seine gute Ware wie durch die Reinheit seines Getränks den Nachbarn und Landleuten, die ihr Weg vorüberführte, gar wohl bekannt war. Man hörte Kegelschieben, und übrigens ging es bei einer Anzahl von höchstens einem Dutzend Gästen mäßig zu. Ein kaum bewußter Trieb, sich unter anspruchslosen, natürlichen Menschen in etwas zu vergessen, bewog den Musiker zur Einkehr. Er setzte sich an einen der sparsam von Bäumen beschatteten Tische zu einem Wiener Brunnen-Obermeister* und zwei andern Spießbürgern, ließ sich ein Schöppchen kommen und nahm an ihrem sehr alltäglichen Diskurs eingehend teil, ging dazwischen umher, oder schaute dem Spiel auf der Kegelbahn zu.

Unweit von der letztern, an der Seite des Hauses, befand sich der offene Laden des Seilers, ein schmaler, mit Fabrikaten vollgepropfter Raum, weil außer dem, was das Handwerk zunächst lieferte, auch allerlei hölzernes Küchen-, Keller- und landwirtschaftliches Gerät, ingleichem Tran* und Wagensalbe, auch

weniges von Sämereien, Dill und Kümmel,* zum Verkauf
umherstand oder -hing. Ein Mädchen, das als Kellnerin die
Gäste zu bedienen und nebenbei den Laden zu besorgen hatte,
war eben mit einem Bauern beschäftigt, welcher, sein Söhnlein
an der Hand, herzugetreten war, um einiges zu kaufen, ein
Fruchtmaß, eine Bürste, eine Geißel. Er suchte unter vielen
Stücken eines heraus, prüfte es, legte es weg, ergriff ein zweites
und drittes, und kehrte unschlüssig zum ersten zurück; es war
kein Fertigwerden. Das Mädchen entfernte sich mehrmals der
Aufwartung wegen, kam wieder und war unermüdlich, ihm
seine Wahl zu erleichtern und annehmlich zu machen, ohne daß
sie zu viel darum schwatzte.

Mozart sah und hörte, auf einem Bänkchen bei der Kegelbahn,
diesem allen mit Vergnügen zu. So sehr ihm auch das gute ver-
ständige Betragen des Mädchens, die Ruhe und der Ernst in
ihren ansprechenden Zügen gefiel, noch mehr interessierte ihn
für jetzt der Bauer, welcher ihm, nachdem er ganz befriedigt
abgezogen, noch viel zu denken gab. Er hatte sich vollkommen
in den Mann hineinversetzt, gefühlt, wie wichtig die geringe
Angelegenheit von ihm behandelt, wie ängstlich und gewissenhaft* die Preise, bei einem Unterschied von wenig Kreuzern,*
hin und her erwogen wurden. Und, dachte er, wenn nun der
Mann zu seinem Weibe heimkommt, ihr seinen Handel rühmt,
die Kinder alle passen,* bis der Zwerchsack aufgeht, darin*
auch was für sie sein mag; sie aber eilt, ihm einen Imbiß und
einen frischen Trunk selbstgekelterten Obstmost zu holen,
darauf* er seinen ganzen Appetit verspart hat!

Wer auch so glücklich wäre, so unabhängig von den Menschen!
ganz nur auf die Natur gestellt und ihren Segen, wie sauer auch
dieser erworben sein will!

Ist aber mir mit meiner Kunst ein anderes Tagwerk anbefohlen,
das ich am Ende doch mit keinem in der Welt vertauschen würde:
warum muß ich dabei in Verhältnissen leben, die das gerade
Widerspiel von solch unschuldiger, einfacher Existenz aus-
machen? Ein Gütchen wenn du hättest,* ein kleines Haus bei
einem Dorf in schöner Gegend, du solltest wahrlich neu aufleben!
Den Morgen über fleißig bei deinen Partituren, die ganze übrige
Zeit bei der Familie; Bäume pflanzen, deinen Acker besuchen,
im Herbst mit den Buben die Äpfel und die Birn* heruntertun;

bisweilen eine Reise in die Stadt zu einer Aufführung und sonst, von Zeit zu Zeit ein Freund und mehrere bei dir — welch eine Seligkeit! Nun ja, wer weiß, was noch geschieht.

Er trat vor den Laden,* sprach freundlich mit dem Mädchen und fing an, ihren Kram genauer zu betrachten. Bei der unmittelbaren Verwandtschaft, welche die meisten dieser Dinge zu jenem idyllischen Anfluge hatten, zog ihn die Sauberkeit, das Helle, Glatte, selbst der Geruch der mancherlei Holzarbeiten an. Es fiel ihm plötzlich ein, Verschiedenes für seine Frau, was ihr nach seiner Meinung angenehm und nutzbar wäre, auszuwählen. Sein Augenmerk ging zuvörderst auf Gartenwerkzeug. Constanze hatte nämlich vor Jahr und Tag auf seinen Antrieb ein Stückchen Land vor dem Kärntner Tor* gepachtet und etwas Gemüse darauf gebaut; daher ihm jetzt fürs erste ein neuer großer Rechen, ein kleinerer ditto, samt Spaten, ganz zweckmäßig schien. Dann weiteres anlangend, so macht es seinen ökonomischen Begriffen alle Ehre, daß er einem ihn sehr appetitlich anlachenden Butterfaß nach kurzer Überlegung, wiewohl ungern, entsagte; dagegen ihm ein hohes, mit Deckel und schön geschnitztem Henkel versehenes Geschirr zu unmaßgeblichem Gebrauch* einleuchtete. Es war aus schmalen Stäben von zweierlei Holz, abwechselnd hell und dunkel, zusammengesetzt, unten weiter als oben und innen trefflich ausgepicht. Entschieden für die Küche empfahl sich eine schöne Auswahl Rührlöffel, Wellhölzer, Schneidbretter und Teller von allen Größen, sowie ein Salzbehälter einfachster Konstruktion zum Aufhängen.

Zuletzt besah er sich noch einen derben Stock, dessen Handhabe mit Leder und runden Messingnägeln gehörig beschlagen war. Da der sonderbare Kunde auch hier in einiger Versuchung schien, bemerkte die Verkäuferin mit Lächeln, das sei just kein Tragen für Herrn.* „Du hast recht, mein Kind", versetzte er, „mir deucht, die Metzger auf der Reise haben solche; weg damit, ich will ihn nicht. Das übrige hingegen alles, was wir da ausgelesen haben, bringst du mir heute oder morgen ins Haus." Dabei nannte er ihr seinen Namen und die Straße. Er ging hierauf, um auszutrinken, an seinen Tisch, wo von den dreien nur noch einer, ein Klempnermeister, saß.

„Die Kellnerin hat heut mal einen guten Tag", bemerkte der

Mann. „Ihr Vetter läßt ihr vom Erlös im Laden am Gulden einen Batzen."⋆

Mozart freute sich nun seines Einkaufs doppelt; gleich aber sollte seine Teilnahme an der Person noch größer werden. Denn als sie wieder in die Nähe kam, rief ihr derselbe Bürger zu: „Wie steht's, Kreszenz? Was macht der Schlosser? Feilt er nicht bald sein eigen Eisen?"

„O was!"⋆ erwiderte sie im Weitereilen: „selbiges Eisen, schätz ich, wächst noch im Berg, zuhinterst."

„Es ist ein guter Tropf", sagte der Klempner. „Sie hat lang ihrem Stiefvater hausgehalten und ihn in der Krankheit verpflegt, und da er tot war, kam's heraus, daß er ihr Eigenes aufgezehrt hatte; zeither dient sie da ihrem Verwandten, ist alles und alles im Geschäft, in der Wirtschaft und bei den Kindern. Sie hat mit einem braven Gesellen Bekanntschaft und würde ihn je eher je lieber heiraten; das aber hat so seine Haken."

„Was für? Er ist wohl auch ohne Vermögen?"

„Sie ersparten sich beide etwas, doch langt es nicht gar. Jetzt kommt mit nächstem drinnen⋆ ein halber Hausteil samt Werkstatt in Gant;⋆ dem Seiler wär's ein Leichtes, ihnen vorzuschießen, was noch zum Kaufschilling fehlt, allein er läßt die Dirne natürlich nicht gern fahren. Er hat gute Freunde im Rat und bei der Zunft, da findet der Geselle nun allenthalben Schwierigkeiten."

„Verflucht!" — fuhr Mozart auf, so daß der andere erschrak und sich umsah, ob man nicht horche. „Und da ist niemand, der ein Wort nach dem Recht dareinspräche? den Herrn eine Faust vorhielte? Die Schufte, die! Wart⋆ nur, man kriegt euch noch beim Wickel!"

Der Klempner saß wie auf Kohlen. Er suchte das Gesagte auf eine ungeschickte Art zu mildern, beinahe nahm er es völlig zurück. Doch Mozart hörte ihn nicht an. „Schämt Euch, wie Ihr nun schwatzt. So macht's ihr Lumpen allemal, sobald es gilt mit etwas einzustehen!" — Und hiemit kehrte er dem Hasenfuß ohne Abschied den Rücken. Der Kellnerin, die alle Hände voll zu tun hatte mit neuen Gästen, raunte er nur im Vorbeigehen zu: „Komme morgen beizeiten, grüße mir deinen Liebsten; ich hoffe, daß eure Sache gut geht." Sie stutzte nur und hatte weder Zeit noch Fassung, ihm zu danken.

Geschwinder als gewöhnlich, weil der Auftritt ihm das Blut etwas in Wallung brachte, ging er vorerst denselben Weg, den er gekommen, bis an das Glacis, auf welchem er dann langsamer, mit einem Umweg, im weiten Halbkreis um die Wälle wandelte. Ganz mit der Angelegenheit des armen Liebespaars beschäftigt, durchlief er in Gedanken eine Reihe seiner Bekannten und Gönner, die auf die eine oder andere Weise in diesem Fall etwas vermochten. Da indessen, bevor er sich irgend zu einem Schritt bestimmte, noch nähere Erklärungen von seiten des Mädchens erforderlich waren, beschloß er diese ruhig abzuwarten, und war nunmehr, mit Herz und Sinn den Füßen vorauseilend, bei seiner Frau zu Hause.

Mit innerer Gewißheit zählte er auf einen freundlichen, ja fröhlichen Willkommen, Kuß und Umarmung schon auf der Schwelle, und Sehnsucht verdoppelte seine Schritte beim Eintritt in das Kärntner Tor. Nicht weit davon ruft ihn der Postträger an, der ihm ein kleines, doch gewichtiges Paket übergibt, worauf er eine ehrliche und akkurate Hand augenblicklich erkennt. Er tritt mit dem Boten, um ihn zu quittieren, in den nächsten Kaufladen; dann, wieder auf der Straße, kann er sich nicht bis in sein Haus gedulden; er reißt die Siegel auf, halb gehend, halb stehend, verschlingt er den Brief.

„Ich saß", fuhr Madame Mozart hier in der Erzählung bei den Damen fort, „am Nähtisch, hörte meinen Mann die Stiege★ heraufkommen und den Bedienten nach mir fragen. Sein Tritt und seine Stimme kam mir beherzter, aufgeräumter vor, als ich erwartete und als mir wahrhaftig angenehm war. Erst ging er auf sein Zimmer, kam aber gleich herüber. ‚Guten Abend!' sagt' er; ich, ohne aufzusehen, erwiderte ihm kleinlaut. Nachdem er die Stube ein paarmal stillschweigend gemessen, nahm er unter erzwungenem Gähnen die Fliegenklatsche hinter der Tür, was ihm noch niemals eingefallen war, und murmelte vor sich: ‚Wo nur die Fliegen gleich wieder herkommen!' — fing an zu patschen da und dort, und zwar so stark wie möglich. Dies war ihm stets der unleidlichste Ton, den ich in seiner Gegenwart nie hören lassen durfte. Hm, dacht ich, daß doch, was man selber tut, zumal die Männer, ganz etwas anderes ist! Übrigens hatte ich so viele Fliegen gar nicht wahrgenommen. Sein seltsames Betragen verdroß mich wirklich sehr. — ‚Sechse auf *einen* Schlag!' rief er; ,willst du sehen?' — Keine Antwort. — Da legte er mir etwas aufs Nähkissen hin, daß ich es sehen mußte, ohne ein Auge von meiner Arbeit zu verwenden. Es war nichts Schlechteres als ein Häufchen Gold, so viel man Dukaten zwischen zwei Finger nimmt. Er setzte seine Possen hinter meinem Rücken fort, tat hin und wieder einen Streich und sprach dabei für sich: ,Das fatale, unnütze, schamlose Gezücht! Zu was Zweck★ es nur eigentlich auf der Welt ist — Patsch! — offenbar bloß daß man's totschlage — Pitsch — darauf verstehe ich mich einigermaßen, darf ich behaupten. — Die Naturgeschichte belehrt uns über die erstaunliche Vermehrung dieser Geschöpfe — Pitsch Patsch —: in meinem Hause wird immer sogleich damit aufgeräumt. *Ah maledette! disperate!*★ — Hier wieder ein Stück zwanzig.★ Magst du sie?' — Er kam und tat wie vorhin. Hatte ich bisher mit Mühe das Lachen unterdrückt, länger war es unmöglich, ich platzte heraus, er fiel mir um den Hals, und beide kicherten und lachten wir um die Wette.

,,,Woher kommt dir denn aber das Geld?' frag ich, während daß er den Rest aus dem Röllelchen schüttelt. —, Vom Fürsten Esterhazy!★ durch den Haydn!★ Lies nur den Brief.' — Ich las:

,,,Eisenstadt usw. Teuerster Freund! Seine Durchlaucht, mein gnädigster Herr, hat mich zu meinem größesten Vergnügen damit betraut, Ihnen beifolgende sechzig Dukaten zu übermachen. Wir haben letzt Ihre Quartetten wieder ausgeführt, und Seine Durchlaucht waren solchermaßen davon eingenommen und befriedigt, als bei dem erstenmal, vor einem Vierteljahre, kaum der Fall gewesen. Der Fürst bemerkte mir (ich muß es wörtlich schreiben): ,Als Mozart Ihnen diese Arbeit dedizierte, hat er geglaubt, nur Sie zu ehren, doch kann's ihm nichts verschlagen, wenn ich zugleich ein Kompliment für mich darin erblicke. Sagen Sie ihm, ich denke von seinem Genie bald so groß wie Sie selbst, und mehr könn er in Ewigkeit nicht verlangen.' — Amen! setz ich hinzu. Sind Sie zufrieden?

,,,Postskript. Der lieben Frau ins Ohr: Sorgen Sie gütigst, daß die Danksagung nicht aufgeschoben werde. Am besten geschäh es persönlich. Wir müssen so guten Wind fein erhalten!'

,,,Du Engelsmann! o himmlische Seele!' rief Mozart ein übers andere Mal, und es ist schwer zu sagen, was ihn am meisten freute, der Brief oder des Fürsten Beifall oder das Geld. Was mich betrifft, aufrichtig gestanden, mir kam das letztere gerade damals höchst gelegen. Wir feierten noch einen sehr vergnügten Abend.

„Von der Affäre in der Vorstadt erfuhr ich jenen Tag noch nichts, die folgenden ebensowenig, die ganze nächste Woche verstrich, keine Kreszenz erschien, und mein Mann, in einem Strudel von Geschäften, vergaß die Sache bald. Wir hatten an einem Sonnabend Gesellschaft; Hauptmann Wesselt, Graf Hardegg★ und andere musizierten. In einer Pause werde ich hinausgerufen — da war nun die Bescherung! Ich geh hinein und frage: ‚Hast du Bestellung in der Alservorstadt auf allerlei Holzware gemacht?‘ — ‚Potz Hagel, ja! Ein Mädchen wird da sein? Laß sie nur hereinkommen.‘ — So trat sie denn in größter Freundlichkeit, einen vollen Korb am Arm, mit Rechen und Spaten ins Zimmer, entschuldigte ihr langes Ausbleiben, sie habe den Namen der Gasse nicht mehr gewußt und sich erst heut zurechtgefragt. Mozart nahm ihr die Sachen nacheinander ab, die er sofort mit Selbstzufriedenheit mir überreichte. Ich ließ mir herzlich dankbar alles und jedes wohl gefallen, belobte und pries, nur nahm es mich wunder, wozu er das Gartengeräte gekauft. — ‚Natürlich‘, sagt’ er, ‚für dein Stückchen an der Wien.‘★ — ‚Mein Gott, das haben wir ja aber lange abgegeben! weil uns das Wasser immer so viel Schaden tat und überhaupt gar nichts dabei herauskam. Ich sagte dir’s, du hattest nichts dawider.‘ — ‚Was? Und also die Spargeln,★ die wir dies Frühjahr speisten‘ — ‚Waren immer vom Markt.‘ — ‚Seht‘, sagt’ er, ‚hätt ich das gewußt! Ich lobte sie dir so aus bloßer Artigkeit, weil du mich wirklich dauertest mit deiner Gärtnerei; es waren Dingerl wie die Federspulen.‘★

„Die Herrn belustigte der Spaß überaus; ich mußte einigen sogleich das Überflüssige zum Andenken lassen. Als aber Mozart nun das Mädchen über ihr Heiratsanliegen ausforschte, sie ermunterte, hier nur ganz frei zu sprechen, da das, was man für sie und ihren Liebsten tun würde, in der Stille, glimpflich und ohne jemandes Anklagen★ solle ausgerichtet werden, so äußerte sie sich gleichwohl mit so viel Bescheidenheit, Vorsicht und Schonung, daß sie alle Anwesenden völlig gewann und man sie endlich mit den besten Versprechungen entließ.

„,Den Leuten muß geholfen werden!' sagte der Hauptmann. ,Die Innungskniffe sind das wenigste dabei; hier weiß ich einen, der das bald in Ordnung bringen wird. Es handelt sich um einen Beitrag für das Haus, Einrichtungskosten und dergleichen. Wie, wenn wir ein Konzert für Freunde im Trattnerischen Saal★ mit Entree *ad libitum*★ ankündigten?' — Der Gedanke fand lebhaften Anklang. Einer der Herrn ergriff das Salzfaß und sagte: ,Es müßte jemand zur Einleitung einen hübschen historischen Vortrag tun, Herrn Mozarts Einkauf schildern, seine menschenfreundliche Absicht erklären, und hier das Prachtgefäß stellt man auf einem Tisch als Opferbüchse auf, die beiden Rechen als Dekoration rechts und links dahinter gekreuzt.'

„Dies nun geschah zwar nicht, hingegen das Konzert kam zustande; es warf ein Erkleckliches ab, verschiedene Beiträge folgten nach, daß das beglückte Paar noch Überschuß hatte, und auch die andern Hindernisse waren schnell beseitigt. Duscheks in Prag,★ unsre genausten Freunde dort, bei denen wir logieren, vernahmen die Geschichte, und *sie*, eine gar gemütliche herzige Frau, verlangte von dem Kram aus Kuriosität auch etwas zu haben; so legt ich denn das Passendste für sie zurück und nahm es bei dieser Gelegenheit mit. Da wir inzwischen unverhofft eine neue liebe Kunstverwandte finden sollten, die nah daran ist, sich den eigenen Herd einzurichten, und ein Stück gemeinen Hausrat, welches Mozart ausgewählt, gewißlich nicht verschmähen wird, will ich mein Mitbringen halbieren, und Sie haben die Wahl zwischen einem schön durchbrochenen Schokoladenquirl★ und mehrgedachter Salzbüchse, an welcher sich der Künstler mit einer geschmackvollen Tulpe verunköstigt hat.★ Ich würde unbedingt zu diesem Stück raten; das edle Salz, soviel ich weiß, ist ein Symbol der Häuslichkeit und Gastlichkeit, wozu wir alle guten Wünsche für Sie legen wollen."

So weit Madame Mozart. Wie dankbar und wie heiter alles von den Damen auf- und angenommen wurde, kann man denken. Der Jubel erneuerte sich, als gleich darauf bei den Männern oben die Gegenstände vorgelegt und das Muster patriarchalischer Simplizität nun förmlich übergeben ward, welchem der Oheim in dem Silberschranke seiner nunmehrigen Besitzerin und

ihrer spätesten Nachkommen keinen geringern Platz versprach, als jenes berühmte Kunstwerk des florentinischen
Meisters* in der Ambraser Sammlung einnehme.

Es war schon fast acht Uhr; man nahm den Tee. Bald aber
sah sich unser Musiker an sein schon am Mittag gegebenes
Wort, die Gesellschaft näher mit dem „Höllenbrand"* bekannt
zu machen, der unter Schloß und Riegel, doch zum Glück nicht
allzutief im Reisekoffer lag, dringend erinnert. Er war ohne
Zögern bereit. Die Auseinandersetzung der Fabel des Stücks*
hielt nicht lange auf, das Textbuch* wurde aufgeschlagen, und
schon brannten die Lichter am Fortepiano.

Wir wünschten wohl, unsere Leser streifte hier zum wenigsten
etwas von jener eigentümlichen Empfindung an, womit oft
schon ein einzeln abgerissener, aus einem Fenster beim
Vorübergehen an unser Ohr getragener Akkord,* der nur von
dorther kommen kann,* uns wie elektrisch trifft und wie gebannt
festhält; etwas von jener süßen Bangigkeit, wenn wir in dem
Theater, solange das Orchester stimmt, dem Vorhang gegenüber-
sitzen. Oder ist es nicht so? Wenn auf der Schwelle jedes erha-
benen tragischen Kunstwerks, es heiße „Macbeth", „Ödipus"*
oder wie sonst, ein Schauer der ewigen Schönheit schwebt, wo
träfe dies in höherem, auch nur in gleichem Maße zu, als eben
hier? Der Mensch verlangt und scheut zugleich, aus seinem
gewöhnlichen Selbst vertrieben zu werden, er fühlt, das Unendliche wird ihn berühren, das seine Brust zusammenzieht, indem
es sie ausdehnen und den Geist gewaltsam an sich reißen will.
Die Ehrfurcht vor der vollendeten Kunst tritt hinzu; der
Gedanke, ein göttliches Wunder genießen, es als ein Verwandtes
in sich aufnehmen zu dürfen, zu können, führt eine Art von
Rührung, ja von Stolz mit sich, vielleicht den glücklichsten und
reinsten, dessen wir fähig sind.

Unsre Gesellschaft aber hatte damit, daß sie ein uns von
Jugend auf völlig zu eigen gewordenes Werk jetzt erstmals
kennenlernen sollte, einen von unserem Verhältnis unendlich
verschiedenen Stand, und, wenn man das beneidenswerte
Glück der persönlichen Vermittlung durch den Urheber abrech-
net, bei weitem nicht den günstigen* wie wir, da eine reine und
vollkommene Auffassung eigentlich niemand möglich war,
auch in mehr als *einem* Betracht selbst dann nicht möglich

52

gewesen sein würde, wenn das Ganze unverkürzt hätte mitgeteilt werden können.

Von achtzehn fertig ausgearbeiteten Nummern*† gab der Komponist vermutlich nicht die Hälfte; (wir finden in dem unserer Darstellung zugrunde liegenden Bericht* nur das letzte Stück dieser Reihe, das Sextett, ausdrücklich angeführt) — er gab sie meistens, wie es scheint, in einem freien Auszug, bloß auf dem Klavier, und sang stellenweise darein, wie es kam und sich schickte. Von der Frau* ist gleichfalls nur bemerkt, daß sie zwei Arien vorgetragen habe. Wir möchten uns, da ihre Stimme so stark als lieblich gewesen sein soll, die erste der Donna Anna („Du kennst den Verräter") und eine von den beiden der Zerline dabei denken.

Genau genommen waren, dem Geist, der Einsicht, dem Geschmacke nach, Eugenie und ihr Verlobter die einzigen Zuhörer wie der Meister sie sich wünschen mußte, und jene war es sicher ungleich mehr als dieser. Sie saßen beide tief im Grunde des Zimmers; das Fräulein regungslos, wie eine Bildsäule,* und in die Sache aufgelöst auf einen solchen Grad, daß sie auch in den kurzen Zwischenräumen, wo sich die Teilnahme der übrigen bescheiden äußerte oder die innere Bewegung sich unwillkürlich mit einem Ausruf der Bewunderung Luft machte, die von dem Bräutigam an sie gerichteten Worte immer nur ungenügend zu erwidern vermochte.

Als Mozart mit dem überschwenglich schönen Sextett geschlossen hatte und nach und nach ein Gespräch aufkam, schien er vornehmlich einzelne Bemerkungen des Barons mit Interesse und Wohlgefallen aufzunehmen. Es wurde vom Schlusse der Oper die Rede sowie von der vorläufig auf den Anfang Novembers anberaumten Aufführung,* und da jemand meinte, gewisse Teile des Finale möchten noch eine Riesenaufgabe sein, so lächelte der Meister mit einiger Zurückhaltung; Constanze aber sagte zu der Gräfin hin, daß er es hören mußte: „Er hat noch was *in petto*,* womit er geheim tut, auch vor mir."

„Du fällst", versetzte er, „aus deiner Rolle, Schatz, daß du

†Bei dieser Zählung ist zu wissen, daß Elviras Arie mit dem Rezitativ und Masettos „Hab's verstanden" nicht ursprünglich in der Oper enthalten gewesen.

das jetzt zur Sprache bringst; wenn ich nun Lust bekäme, von neuem anzufangen? und in der Tat, es juckt mich schon."

„Leporello!" rief der Graf,* lustig aufspringend, und winkte einem Diener: „Wein! Sillery,* drei Flaschen!"

„Nicht doch! damit ist es vorbei — mein Junker hat sein Letztes im Glase."

„Wohl bekomm's ihm — und jedem das Seine!"

„Mein Gott, was hab ich da gemacht!" lamentierte Constanze, mit einem Blick auf die Uhr, „gleich ist es elfe, und morgen früh soll's fort — wie wird das gehen?"

„Es geht halt gar nicht, Beste! nur schlechterdings gar nicht."

„Manchmal", fing Mozart an, „kann sich doch ein Ding sonderbar fügen. Was wird denn meine Stanzl sagen, wenn sie erfährt, daß eben das Stück Arbeit, was sie nun hören soll, um eben diese Stunde in der Nacht, und zwar gleichfalls vor einer angesetzten Reise, zur Welt geboren ist?"

„Wär's möglich? Wann? Gewiß vor drei Wochen, wie du nach Eisenstadt* wolltest?"

„Getroffen! Und das begab sich so. Ich kam nach zehne, du schliefst schon fest, von Richters Essen* heim und wollte versprochenermaßen auch bälder zu Bett, um morgens beizeiten heraus und in den Wagen zu steigen. Inzwischen hatte Veit,* wie gewöhnlich, die Lichter auf dem Schreibtisch angezündet, ich zog mechanisch den Schlafrock an, und fiel mir ein, geschwind mein letztes Pensum noch einmal anzusehen. Allein, o Mißgeschick! verwünschte, ganz unzeitige Geschäftigkeit der Weiber! du hattest aufgeräumt, die Noten eingepackt — die mußten nämlich mit: der Fürst verlangte eine Probe von dem Opus; — ich suchte, brummte, schalt, umsonst! Darüber fällt mein Blick auf ein versiegeltes Kuvert: vom Abbate,* den greulichen Haken nach auf der Adresse — ja wahrlich! und schickt mir den umgearbeiteten Rest seines Texts, den ich vor Monatsfrist noch nicht zu sehen hoffte. Sogleich sitz ich begierig hin* und lese und bin entzückt, wie gut der Kauz verstand, was ich wollte.* Es war alles weit simpler, gedrängter und reicher zugleich. Sowohl die Kirchhofsszene wie das Finale, bis zum Untergang des Helden, hat in jedem Betracht sehr gewonnen. (Du sollst mir aber auch, dacht ich, vortrefflicher Poet, Himmel und Hölle nicht unbedankt zum zweitenmal beschworen haben!)

Nun ist es sonst meine Gewohnheit nicht, in der Komposition etwas vorauszunehmen, und wenn es noch so lockend wäre; das bleibt eine Unart, die sich sehr übel bestrafen kann. Doch gibt es Ausnahmen, und kurz, der Auftritt bei der Reiterstatue⋆ des Gouverneurs, die Drohung, die vom Grabe des Erschlagenen her urplötzlich das Gelächter des Nachtschwärmers haarsträubend unterbricht, war mir bereits in die Krone⋆ gefahren. Ich griff einen Akkord und fühlte, ich hatte an der rechten Pforte angeklopft, dahinter schon die ganze Legion von Schrecken beieinander liege, die im Finale loszulassen sind. So kam fürs erste ein Adagio⋆ heraus: *d-moll*, vier Takte nur, darauf ein zweiter Satz mit fünfen — es wird, bild ich mir ein, auf dem Theater etwas Ungewöhnliches geben, wo die stärksten Blasinstrumente die Stimme begleiten. Einstweilen hören Sie's, so gut es sich hier machen läßt."

Er löschte ohne weiteres die Kerzen der beiden neben ihm stehenden Armleuchter aus, und jener furchtbare Choral „Dein Lachen endet vor der Morgenröte!" erklang durch die Totenstille des Zimmers. Wie von entlegenen Sternenkreisen⋆ fallen die Töne aus silbernen Posaunen, eiskalt, Mark und Seele durchschneidend, herunter durch die blaue Nacht.

„Wer ist hier? Antwort!" hört man Don Juan fragen. Da hebt es wieder an, eintönig wie zuvor, und gebietet dem ruchlosen Jüngling, die Toten in Ruhe zu lassen.

Nachdem diese dröhnenden Klänge bis auf die letzte Schwingung in der Luft verhallt waren, fuhr Mozart fort: „Jetzt gab es für mich begreiflicherweise kein Aufhören mehr. Wenn erst das Eis einmal an *einer* Uferstelle bricht, gleich kracht der ganze See und klingt bis an den entferntesten Winkel hinunter. Ich ergriff unwillkürlich denselben Faden weiter unten bei Don Juans Nachtmahl wieder, wo Donna Elvira sich eben entfernt hat und das Gespenst, der Einladung gemäß, erscheint. — Hören Sie an."

Es folgte nun der ganze lange, entsetzenvolle Dialog, durch welchen auch der Nüchternste bis an die Grenze menschlichen Vorstellens, ja über sie hinaus gerissen wird, wo wir das Übersinnliche schauen und hören und innerhalb der eigenen Brust von einem Äußersten zum andern willenlos uns hin und her geschleudert fühlen.

Menschlichen Sprachen schon entfremdet, bequemt sich das unsterbliche Organ des Abgeschiedenen, noch einmal zu reden. Bald nach der ersten fürchterlichen Begrüßung, als der Halbverklärte die ihm gebotene irdische Nahrung verschmäht, wie seltsam schauerlich★ wandelt seine Stimme auf den Sprossen einer luftgewebten Leiter unregelmäßig auf und nieder! Er fordert schleunigen Entschluß zur Buße: kurz ist dem Geist die Zeit gemessen; weit, weit, weit ist der Weg! Und wenn nun Don Juan, im ungeheuren Eigenwillen den ewigen Ordnungen trotzend, unter dem wachsenden Andrang der höllischen Mächte ratlos ringt, sich sträubt und windet und endlich untergeht, noch mit dem vollen Ausdruck der Erhabenheit in jeder Gebärde — wem zitterten nicht Herz und Nieren★ vor Lust und Angst zugleich? Es ist ein Gefühl, ähnlich dem, womit man das prächtige Schauspiel einer unbändigen Naturkraft, den Brand eines herrlichen Schiffes anstaunt. Wir nehmen wider Willen gleichsam Partei für diese blinde Größe und teilen knirschend ihren Schmerz im reißenden Verlauf ihrer Selbstvernichtung.

Der Komponist war am Ziele. Eine Zeitlang wagte niemand, das allgemeine Schweigen zuerst zu brechen.

„Geben Sie uns", fing endlich, mit noch beklemmtem Atem, die Gräfin an, „geben Sie uns, ich bitte Sie, einen Begriff, wie Ihnen war, da Sie in jener Nacht die Feder weglegten!"

Er blickte, wie aus einer stillen Träumerei ermuntert, helle zu ihr auf, besann sich schnell und sagte, halb zu der Dame, halb zu seiner Frau: „Nun ja, mir schwankte wohl zuletzt der Kopf. Ich hatte dies verzweifelte Dibattimento★ bis zu dem Chor der Geister, in *einer* Hitze fort, beim offenen Fenster, zu Ende geschrieben und stand nach einer kurzen Rast vom Stuhl auf, im Begriff, nach deinem Kabinett zu gehen, damit wir noch ein bißchen plaudern und sich mein Blut ausgleiche. Da machte ein überquerer Gedanke★ mich mitten im Zimmer stillstehen." (Hier sah er zwei Sekunden lang zu Boden, und sein Ton verriet beim Folgenden eine kaum merkbare Bewegung.) „Ich sagte zu mir selbst: wenn du noch diese Nacht wegstürbest★ und müßtest deine Partitur an diesem Punkt verlassen: ob dir's auch Ruh im Grabe ließ'? — Mein Auge hing am Docht des Lichts in meiner Hand und auf den Bergen von abgetropftem

Wachs. Ein Schmerz bei dieser Vorstellung durchzückte mich einen Moment; dann dacht ich weiter: wenn denn hernach über kurz oder lang ein anderer, vielleicht gar so ein Welscher,★ die Oper zu vollenden bekäme und fände von der Introduktion bis Numero siebzehn, mit Ausnahme *einer* Piece,★ alles sauber beisammen, lauter gesunde, reife Früchte ins hohe Gras geschüttelt, daß er sie nur auflesen dürfte; ihm graute aber doch ein wenig hier vor der Mitte des Finale, und er fände★ alsdann unverhofft den tüchtigen Felsbrocken da insoweit schon beiseite gebracht: er möchte drum nicht übel in das Fäustchen lachen! Vielleicht wär er versucht, mich um die Ehre zu betrügen. Er sollte aber wohl die Finger dran verbrennen; da wär noch immerhin ein Häuflein guter Freunde, die meinen Stempel kennen und mir, was mein ist, redlich sichern würden. — Nun ging ich, dankte Gott mit einem vollen Blick hinauf und dankte, liebes Weibchen, deinem Genius,★ der dir so lange seine beiden Hände sanft über die Stirne gehalten, daß du fortschliefst wie eine Ratze★ und mich kein einzig Mal anrufen konntest. Wie ich dann aber endlich kam und du mich um die Uhr befrugst,★ log ich dich frischweg ein paar Stunden jünger als du warst, denn es ging stark auf viere. Und nun wirst du begreifen, warum du mich um sechse nicht aus den Federn brachtest, der Kutscher wieder heimgeschickt und auf den andern Tag bestellt werden mußte."

„Natürlich!" versetzte Constanze, „nur bilde sich der schlaue Mann nicht ein, man sei so dumm gewesen, nichts zu merken! Deswegen brauchtest du mir deinen schönen Vorsprung fürwahr nicht zu verheimlichen!"

„Auch war es nicht deshalb."

„Weiß schon — du wolltest deinen Schatz vorerst noch unbeschrieen★ haben."

„Mich freut nur", rief der gutmütige Wirt, „daß wir morgen nicht nötig haben, ein edles Wiener Kutscherherz zu kränken, wenn Herr Mozart partout★ nicht aufstehen kann. Die Ordre ‚Hans, spann wieder aus!' tut jederzeit sehr weh."

Diese indirekte Bitte um längeres Bleiben, mit der sich die übrigen Stimmen im herzlichsten Zuspruch verbanden, gab den Reisenden Anlaß zu Auseinandersetzung sehr triftiger Gründe dagegen; doch verglich man sich gerne dahin, daß nicht zu zeitig aufgebrochen und noch vergnügt zusammen gefrühstückt werden solle.

Man stand und drehte sich noch eine Zeitlang in Gruppen schwatzend umeinander. Mozart sah sich nach jemandem um, augenscheinlich nach der Braut; da sie jedoch gerade nicht zugegen war, so richtete er naiverweise die ihr bestimmte Frage unmittelbar an die ihm nahestehende Franziska: „Was denken Sie denn nun im ganzen von unserm ‚Don Giovanni‘? was können Sie ihm Gutes prophezeien?“

„Ich will“, versetzte sie mit Lachen, „im Namen meiner Base so gut antworten als ich kann: Meine einfältige Meinung ist, daß, wenn ‚Don Giovanni‘ nicht aller Welt den Kopf verrückt, so schlägt der liebe Gott seinen Musikkasten gar zu, auf unbestimmte Zeit, heißt das, und gibt der Menschheit zu verstehen —“

— „Und gibt der Menschheit“, fiel der Onkel verbessernd ein, „den Dudelsack in die Hand und verstocket die Herzen der Leute, daß sie anbeten Baalim.“★

„Behüt uns Gott!“ lachte Mozart. „Je nun, im Lauf der nächsten sechzig, siebzig Jahre, nachdem ich lang fort bin, wird mancher falsche Prophet aufstehen.“★

Eugenie trat mit dem Baron und Max herbei, die Unterhaltung hob sich unversehens auf ein Neues,★ ward nochmals ernsthaft und bedeutend, so daß der Komponist, eh die Gesellschaft auseinanderging, sich noch gar mancher schönen, bezeichnenden Äußerung erfreute, die seiner Hoffnung schmeichelte.★

Erst lange nach Mitternacht trennte man sich; keines empfand bis jetzt, wie sehr es der Ruhe bedurfte.

Den andern Tag (das Wetter gab dem gestrigen nichts nach) um zehn Uhr sah man einen hübschen Reisewagen, mit den Effekten beider Wiener Gäste bepackt, im Schloßhof stehen. Der Graf stand mit Mozart davor, kurz ehe die Pferde herausgeführt wurden, und fragte, wie er ihm gefalle.

„Sehr gut; er scheint äußerst bequem.“

„Wohlan, so machen Sie mir das Vergnügen und behalten Sie ihn zu meinem Andenken.“

„Wie? ist das Ernst?“

„Was wär es sonst?“

„Heiliger Sixtus und Calixtus★ — Constanze! du!“ rief er zum Fenster hinauf, wo sie mit den andern heraussah. „Der Wagen soll mein sein! du fährst künftig in deinem eigenen Wagen!"

Er umarmte den schmunzelnden Geber, betrachtete und umging sein neues Besitztum von allen Seiten, öffnete den Schlag, warf sich hinein und rief heraus: „Ich dünke mich so vornehm und so reich wie Ritter Gluck!* Was werden sie in Wien für Augen machen!" — „Ich hoffe", sagte die Gräfin, „Ihr Fuhrwerk wiederzusehn bei der Rückkehr von Prag, mit Kränzen um und um behangen!"

Nicht lang nach diesem letzten fröhlichen Auftritt setzte sich der vielbelobte Wagen mit dem scheidenden Paare wirklich in Bewegung und fuhr im raschen Trab nach der Landstraße zu. Der Graf ließ sie bis Wittingau* fahren, wo Postpferde genommen werden sollten.

⋆　　⋆　　⋆

Wenn gute, vortreffliche Menschen durch ihre Gegenwart vorübergehend unser Haus belebten, durch ihren frischen Geistesodem auch unser Wesen in neuen raschen Schwung versetzten und uns den Segen der Gastfreundschaft in vollem Maße zu empfinden gaben, so läßt ihr Abschied immer eine unbehagliche Stockung, zum mindesten für den Rest des Tags, bei uns zurück, wofern wir wieder ganz nur auf uns selber angewiesen sind.

Bei unsern Schloßbewohnern traf wenigstens das letztere nicht zu. Franziskas Eltern nebst der alten Tante fuhren zwar alsbald auch weg; die Freundin selbst indes, der Bräutigam, Max ohnehin, verblieben noch. Eugenien, von welcher vorzugsweise hier die Rede ist, weil sie das unschätzbare Erlebnis tiefer als alle ergriff, ihr, sollte man denken, konnte nichts fehlen, nichts genommen oder getrübt sein; ihr reines Glück in dem wahrhaft geliebten Mann, das erst soeben seine förmliche Bestätigung erhielt, mußte alles andre verschlingen, vielmehr, das Edelste und Schönste,* wovon ihr Herz bewegt sein konnte, mußte sich notwendig mit jener seligen Fülle in *eines* verschmelzen. So wäre es auch wohl gekommen, hätte sie gestern und heute der bloßen Gegenwart, jetzt nur dem reinen Nachgenuß derselben leben können. Allein am Abend schon, bei den Erzählungen der Frau, war sie von leiser Furcht für ihn, an dessen liebenswertem

59

Bild sie sich ergötzte, geheim beschlichen worden; diese Ahnung
wirkte nachher, die ganze Zeit als Mozart spielte, hinter allem
unsäglichen Reiz, durch alle das geheimnisvolle Grauen der
Musik hindurch, im Grund ihres Bewußtseins fort, und endlich
überraschte, erschütterte sie das, was er selbst in der nämlichen
Richtung gelegenheitlich von sich erzählte.* Es ward ihr so
gewiß, so ganz gewiß, daß dieser Mann sich schnell und unauf-
haltsam in seiner eigenen Glut verzehre, daß er nur eine flüchtige
Erscheinung auf der Erde sein könne, weil sie* den Überfluß,
den er verströmen würde, in Wahrheit nicht ertrüge.

Dies, neben vielem andern, ging, nachdem sie sich gestern
niedergelegt, in ihrem Busen auf und ab, während der Nachhall
„Don Juans" verworren noch lange fort ihr inneres Gehör
einnahm. Erst gegen Tag schlief sie ermüdet ein.

Die drei Damen hatten sich nunmehr mit ihren Arbeiten in
den Garten gesetzt, die Männer leisteten ihnen Gesellschaft,
und da das Gespräch natürlich zunächst nur Mozart betraf, so
verschwieg auch Eugenie ihre Befürchtungen nicht. Keins
wollte dieselben im mindesten teilen, wiewohl der Baron sie
vollkommen begriff. Zur guten Stunde, in recht menschlich
reiner, dankbarer Stimmung pflegt man sich jeder Unglücksidee,
die einen gerade nicht unmittelbar angeht, aus allen Kräften
zu erwehren. Die sprechendsten, lachendsten Gegenbeweise
wurden, besonders vom Oheim, vorgebracht, und wie gerne
hörte nicht Eugenie alles an! Es fehlte nicht viel, so glaubte sie
wirklich, zu schwarz gesehen zu haben.

Einige Augenblicke später, als sie durchs große Zimmer oben
ging, das eben gereinigt und wieder in Ordnung gebracht worden
war, und dessen vorgezogene, grün damastene Fenstergardinen
nur ein sanftes Dämmerlicht zuließen, stand sie wehmütig vor
dem Klaviere still. Durchaus war es ihr wie ein Traum, zu
denken, wer noch vor wenigen Stunden davor gesessen habe.
Lang blickte sie gedankenvoll die Tasten an, die *er* zuletzt
berührt, dann drückte sie leise den Deckel zu und zog den
Schlüssel ab, in eifersüchtiger Sorge, daß so bald keine andere
Hand wieder öffne. Im Weggehn stellte sie beiläufig einige
Liederhefte an ihren Ort zurück; es fiel ein älteres Blatt heraus,
die Abschrift eines böhmischen Volksliedchens,* das Franziska
früher, auch wohl sie selbst, manchmal gesungen. Sie nahm es

auf, nicht ohne darüber betreten zu sein. In einer Stimmung wie die ihrige wird der natürlichste Zufall leicht zum Orakel. Wie sie es aber auch verstehen wollte, der Inhalt war derart, daß ihr, indem sie die einfachen Verse wieder durchlas, heiße Tränen entfielen.

> Ein Tännlein grünet wo,*
> Wer weiß, im Walde;
> Ein Rosenstrauch, wer sagt,
> In welchem Garten?
> Sie sind erlesen schon,
> Denk es, o Seele,
> Auf deinem Grab zu wurzeln
> Und zu wachsen.
>
> Zwei schwarze Rößlein weiden
> Auf der Wiese,
> Sie kehren heim zur Stadt
> In muntern Sprüngen.
> Sie werden schrittweis gehn
> Mit deiner Leiche;
> Vielleicht, vielleicht noch eh
> An ihren Hufen
> Das Eisen los wird,
> Das ich blitzen sehe!

NOTES

TITLE PAGE: The first publication of the Novelle in the Stuttgart *Morgenblatt* was prefaced by the following passage, quoted in a compressed and slightly altered form from Oulibicheff, vol. II, p. 6 f.: "Wenn Mozart, statt stets für seine Freunde offne Tafel und Börse zu haben, sich eine wohlverschlossene Sparbüchse gehalten hätte, wenn er mit seinen Vertrauten im Tone eines Predigers auf der Kanzel gesprochen, wenn er nur Wasser getrunken und keiner Frau außer der seinigen den Hof gemacht hätte, so würde er sich besser befunden haben und die Seinigen ebenfalls. Wer zweifelt daran? Allein von diesem Philister hätte man wohl keinen ‚Don Juan' erwarten dürfen, ein so vortrefflicher Familienvater er auch gewesen wäre." Mörike omitted this 'motto' in subsequent editions of the Novelle.

3. **Im Herbst des Jahres 1787:** Mozart actually left Vienna on 1st October and arrived in Prague on the 4th. Mörike, following Oulibicheff, vol. I, p. 223, assumes that the journey was made in September. The first performance of *Don Giovanni* took place on 29th October.

„Don Juan": the original Spanish form of the name. As the text of the opera was in Italian, its title and the name of the hero usually appear in the Italian form "Don Giovanni".

dreißig Stunden Wegs: *Wegstunde* = 'an hour's walk'—i.e. about three miles. So the Mozarts would be about 90 miles from Vienna.

Mannhardsberg: The "Mannhardsberg" (usually written "Manhartsberg") is a low mountain-range some 40 miles north-west of Vienna. The "deutsche Thaya", the southern arm of the river Thaya (the northern arm being called the "mährische Thaya") is nearly 75 miles from Vienna at the point where it is crossed by the road to Schrems. This is a small market town about 90 miles from Vienna. After passing Schrems and the low Moravian mountains, the Mozarts would soon be entering Bohemia (the modern Czechoslovakia). See sketch-map of Lower Austria, p. 63.

die Baronesse von T. an ihre Freundin: fictitious persons. So also is "Frau Generalin Volkstett", the ostensible owner of the coach.

Frau Generalin Volkstett: 'the wife of General Volkstett'. In German women are often given the title of their husbands with the addition of the feminine suffix *-in*. Cf. p. 13: *Oberstin*. Similarly, the ending *-in* may be added to the name of the husband, as on p. 14: "mit der Mozartin", 'with Mrs. Mozart'.

hüben und drüben am Schlage ... gemalt: The coach is painted on the door on both sides ('on this side and that') with flower-bouquets in their natural colours, the edges being adorned with narrow gold borders.

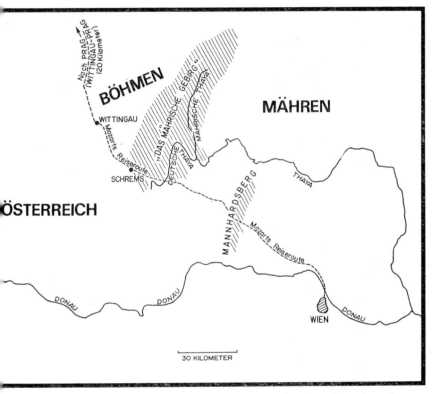

Sketch-map of northern Austria and Bohemia showing the route of
Mozart's journey to Prague.

der Kasten . . . eingezogen: The body of the coach is not fully 'bulged out' (*ausgebaucht*), though drawn in coquettishly with a bold curve towards the bottom.

Constanzen: Mörike often uses the older declension of proper nouns, adding -*n* in the dative and accusative of feminine names in -*e*. Cf. p. 20: "Eugenien".

mit einer Reihe . . . schimmerte: "with a row of large buttons, so made that a coating of reddish gold tinsel shone through the star-like web with which they were covered" (Howard).

4. **der starke . . . Haarwuchs ihres Gemahls:** Cf. the portrait of Mozart, Plate III, pp. xxxii-xxxiii.—In accordance with the fashion of the time, Mozart's hair is powdered (though less carefully than usual owing to his being on a journey) and gathered into a pigtail (*Zopf*); while Constanze's beautiful light-brown locks have never been disfigured with powder.

hinauf: *gekommen* must be supplied from *angekommen* at the end of the sentence.

Rosée d'Aurore: 'Dew of Dawn'—the name of a perfume. Mozart refers to it contemptuously as "Götter-Riechschnaps", 'divine smelling spirits' (*Schnaps* = 'spirits, brandy, gin').

Gefächel: 'all your fanning'. *Ge-* is here a frequentative prefix indicating repeated performances of the act denoted by the verb (*fächeln*, 'to fan'). Cf. *Gerede, Gereiße, Gesaufe, Gemurmel*, etc.

Jabot: the lace frill which, in accordance with eighteenth-century fashion, protruded from the waistcoat at the breast.

Nos'n: Viennese for *Nasen*.

5. **als wie:** pleonastic dialect or colloquial expression for *wie*. Cf. p. 5, l. 32.

Mir deucht: (archaic) 'it seems to me'. The impersonal verb *dünken* can take either the dative (*mir*) or the accusative (*mich*). The 3rd pers. indic. can be either *dünkt* or *deucht*.

das Größeste: irregular emphatic form of *das Größte*.

una finzione di poeti: (Italian) 'an invention of poets', 'a poetic fiction'.

Lamellen: 'lamellae', the thin plates or scales on the underside of the umbrella-shaped top (*Schirm*).

Prater: the famous public park on the eastern side of Vienna. See sketch-map of Vienna, p. 81.

so breit sie sich auch machen: 'however much they spread themselves out (*or* give themselves airs)'.

halter: Austrian form of the colloquial South German expletive *halt* = 'you know', 'you see', 'of course', but often best omitted in translation: 'the beech-nuts and acorns scattered on the ground look like the very twins of the multitude of used cork-stoppers among them.'

Backhähnl: = *Backhähnchen*, 'roast chicken' (a Viennese specialty). Cf. Oulibicheff, vol. I, p. 250: "Und wem hätte er beides zum Opfer gebracht? Offenbar nichts anderem, als dem

Vergnügen, gebackene Hähnel im Prater essen . . . zu können."
Instead of the regular diminutive ending *-chen*, the South
Germans favour *-el*, *-le*, *-l* or (especially the Austrians) *-erl*.
Cf. p. 6, 1. 25: *Mandl*, p. 50, 1. 30: *Dingerl*.

6. **und keinem zu verdenken:** Supply *es ist*: 'and a person is not
to be blamed if he would like' etc.
wie nur: = *sobald nur.*
dir: ethical dative, can be omitted in translation.
Notabene: 'N.B.'s', 'memoranda'.
gießet: archaic for *gießt*.
Professor Gattner: probably fictitious. But there is a record of
Mozart having visited the Mannheim observatory on 16th
November 1778 (O. E. Deutsch, *Mozart. A Documentary Biography*, Engl. transl. London, 1965, p. 179).
Observatorio: In modern German *Observatorium* remains un-
changed in the various cases of the singular except the genitive,
where *-s* is added. Here it follows the Latin declension with dative
and ablative ending in *-o*.
von der Seite: = *auf der Seite*. Cf. p. 25, 1. 6.
schlag ich's an: 'I have been intending'. A rare use of *anschlagen*
derived from such expressions as *ein Gewehr anschlagen*, 'to
aim a gun'. Cf. *Anschlag*, 'project', 'plan'.

7. **Ward ich . . . meiner Kinder ein volles Stündchen froh?:** 'Have I
ever enjoyed the company of my children for even one little
hour?'. In addition to three children who died in fancy, Mozart
had two sons who survived him, Karl Thomas (born 1784) and
Franz Xaver Wolfgang (born 1791).
en passant: (French) 'in passing', 'incidental(ly)'. 'How half-
hearted that is with me and always just by the way!'
basta: (Italian) 'enough'; *und damit basta*, 'and that's enough'.
Es denkt mir nicht: 'I don't remember'. This impersonal use of
denken in the sense of 'remember' is fairly frequent in Mörike
and other Swabian poets, but is not possible in standard German.
an Ostern oder Pfingsten: South German for *zu Ostern, zu
Pfingsten.*
Allmittelst: obsolete or dialect expression = *mittlerweile*, 'meanwhile'.
voraus: used exceptionally in the sense of *zuallererst* or *vor allem*,
'before all else', 'above all'.
unüberwindlich eingewohnten Schwächen: 'weaknesses insur-
mountably fixed by habit', 'inveterate failings'.

8. **am Billard im Kaffeehaus . . . Bälle und Redouten:** Cf. Michael
Kelly, *Reminiscences*, London, 1826: "Madame Mozart told me
that, great as his genius was, he was an enthusiast for dancing,
and often said that his taste lay in that art, rather than in music . . .
He was also fond of billiards and had an excellent table in his
house. Many and many a game have I played with him, but

always came off second best." — *Redouten*: an obsolete expression for *Maskenbälle*, 'fancy-dress balls'.

Brigitten-Kirchtag: the anniversary of the consecration of St Bridget's church, a great popular festival in Vienna. It is well described by Grillparzer in his Novelle *Der arme Spielmann* (1848): "In Wien ist der Sonntag nach dem Vollmonde im Monat Juli jedes Jahres samt dem darauffolgenden Tage ein eigentliches Volksfest, wenn je ein Fest diesen Namen verdient hat. Das Volk besucht es und gibt es selbst; und wenn Vornehmere dabei erscheinen, so können sie es nur in ihrer Eigenschaft als Glieder des Volks ... An diesem Tage feiert die mit dem Augarten, der Leopoldstadt, dem Prater in ununterbrochener Lustreihe zusammenhängende Brigittenau ihre Kirchweihe. Von Brigittenkirchtag zu Brigittenkirchtag zählt seine guten Tage das arbeitende Volk. — Eine wogende Menge erfüllt die Straßen. Geräusch von Fußtritten, Gemurmel von Sprechenden, das hie und da ein lauter Ausruf durchzückt. Der Unterschied der Stände ist verschwunden; Bürger und Soldat teilt die Bewegung."

Pierrot: (French) 'little Pierre', the clown of French pantomime, dressed in white with long loose sleeves and white face. Cf. Oulibicheff, vol. I, p. 173: "Wenn man Mozart im Prater, auf dem Maskenballe als Arlequin oder Pierrot verkleidet, um ein Billard in einem Kaffeehause sich herumtreiben, in Gesellschaft von Theaterdamen, oder mit Schikaneder Champagner trinken sah, so war er in der Tat ein ganzer Wiener."

9. **als wohlakkreditierter Cembalist:** 'as a well-accredited cembalist, a cembalist of repute'. The cembalo was an early form of the piano.

per marca: (Italian) 'per lesson'. Cf. Oulibicheff, vol. I, p. 177: "So gab Mozart Akademien (öffentliche Konzerte) und Lektionen auf dem Piano für einen Taler." *Marca* properly means here a voucher entitling the holder to one lesson from the master. "In früherer Zeit wurden die Musikstunden nach Marken gezählt und bezahlt" (Brandl). A Taler was worth about three shillings sterling.

ungrische: = *ungarische*.

Geniekorps: 'corps (*or* regiment) of engineers': 'any Hungarian mustachio from the military engineers'. — "*Genie* im Kriegswesen, *Ingenieurkunst*" (Moriz Heyne).

für nichts und wieder nichts: 'for no reason at all'.

Meister Coquerel: The French name is chosen at random to denote a hairdresser, fashionable hairdressers being usually French in the eighteenth century.

mit einem roten Kopf: 'with a red face'—i.e., flushed with anger.

Akademien: regularly used for 'concerts', probably because concerts were frequently organized by learned societies or musical academies.

Gram aller Art . . . war er . . . auf seinen Teil gewöhnt: 'he was
accustomed for his part to sorrow of every shape and hue';
gewöhnt usually takes *an* with the accusative, and it would be
more usual to say *'für* seinen Teil'.

zusamt der kaiserlichen Pension: 'together with the imperial
pension'. 'Together with' is usually *samt*, seldom *zusamt*. Mörike
supposes that Mozart is already at this stage "kaiserlicher
Kammerkomponist" (cf. p. 13) and therefore in receipt of an
imperial pension or salary. In fact, Mozart obtained that appointment only in December 1787, after his return from Prague. The
error may be traced to Oulibicheff, who states, vol. I, p. 253, that
Mozart announced his appointment in a letter of August 1787.
The letter is in fact dated 19th December.

10. **„Belmonte und Constanze":** the alternative title of the opera
more commonly called *Die Entführung aus dem Serail* or *Il
Seraglio* (1782). — The 'popular elements' in the opera are
perhaps the humorous representation of the suspicious and
ludicrous Osmin and the Turkish local colour—tuneful, brilliant
passages with triangles, cymbals, drums, etc.

seinerzeit: 'in its time', 'when it was in vogue'.

„Figaro" . . . „Cosa rara": Mozart's great comic opera *Le nozze
di Figaro* ('Figaros Hochzeit', 'The Marriage of Figaro') was
first performed in Vienna on 1st May 1786. *Una cosa rara* ('A
Rare Thing'—i.e., female fidelity) by Martin y Soler was first
performed there on 17th November 1786. It was thought that the
director of the court opera house, Antonio Salieri, had resorted
to intrigues to prevent the success of *Figaro*. Yet the first performance was a triumph and there were nine performances of
the opera before it was eclipsed by the success of *Una cosa rara*.
Mörike bases his account of the matter on Oulibicheff, vol. I,
p. 214 f.: "Wie kommt es nun, daß dieses unnachahmliche
Meisterwerk [*Figaro*] *a terra* (durchfiel) ging? und wie, daß *la*
(sic) *Cosa rara* von Martin, die zur selben Zeit in Wien gegeben
wurde, *alle stelle* stieg (in die Wolken erhoben wurde)? . . .
Salieri, der Oper-Director, protegierte Martin, von dem er nichts
zu fürchten und viel zu hoffen hatte, wenn er mit Mozart in die
Schranken trat . . . Hiezu kam, daß die Musik zur *Cosa rara* in
welcher sich das Talent eines ganz gefälligen Komponisten
kundgibt, jedermann sehr leicht in die Ohren fiel. *Figaro* dagegen
ist eine der Opern, die niemals jedermann gefallen werden." —
By an irony of fate, the only part of *Una cosa rara* which is
remembered today is the tune quoted from it by Mozart in the
dinner music of *Don Giovanni*. — In December 1786 *Figaro*
received its first performance in Prague, and here its success
was unqualified: "Der Enthusiasmus, den sie bei dem Publikum
erregte, war bisher ohne Beispiel" (Niemetschek, quoted Oulibicheff, vol. I, p. 217).

als Tochter eines Musikers . . . an Entbehrung gewöhnt: Constanze belonged to a musically gifted family. Her father, Fridolin Weber, was a good singer and violinist. Her elder sisters, Josepha and Aloysia, were excellent sopranos. And her cousin was Carl Maria von Weber, the great romantic opera composer. She herself was a competent singer and pianist. — In his letter of 17th January 1778 Mozart states that Fridolin Weber had had to maintain his family for fourteen years on an annual income of 100 gulden (one gulden was worth about two shillings sterling).

11. **müßte . . . aufgehoben haben:** = *hätte . . . aufheben müssen*— 'would necessarily have quite destroyed the wonderful genius himself'.

  von dieser Seite: 'from this quarter', 'in this respect'—i.e., in respect of their financial circumstances.

12. **daß viele selber von den Gegnern:** 'that many even of his enemies'; *selber* is used here exceptionally for *selbst, sogar*.

  ihre nur zu wohlbegründeten Zweifel: Though immediately successful in Prague, *Don Giovanni* was a failure when first performed in Vienna (7th May 1788). Some years were to elapse before its true value was recognized in Vienna and throughout Europe.

  die . . . akkordierten hundert Dukaten: 'the hundred ducats which the Prague theatre-manager had contracted to pay for the score'. An Austrian ducat was worth about ten shillings sterling. — The manager referred to is Pasquale Bondini, director of the Prague 'National Theatre'.

  sein Schäfchen . . . scheren: 'make a good profit out of the opera'.

  ahnet: archaic for *ahnt*. Cf. *gießet*, p. 6.

  der König von Preußen hab einen Kapellmeister nötig: Nissen (p. 536) relates on the authority of Mozart's widow that when Mozart visited Berlin in the spring of 1789 the King of Prussia, Friedrich Wilhelm II, offered him the position of "*Kapellmeister*" with a salary of 3000 talers per annum (approx. 450 pounds sterling). Though Mozart's post in Vienna as "*kaiserlicher Komponist*" carried a salary of only 800 gulden (approx. 80 pounds), Mozart refused the offer with the words "Kann ich meinen guten Kaiser verlassen?" The truth of the story has been strongly disputed by modern biographers, e.g. Abert, vol. I, p. 825: "Ein solch unglaublicher Schmachtlappen ist er [Mozart] nie gewesen." Mörike, following Oulibicheff, vol. I, p. 252, seems to think there may be some truth in the report—enough, at any rate, to warrant Constanze's day-dreams (though he considerably antedates the matter). Mörike himself was inclined to build such castles in the air. Cf. his poem *An meine Base Gnes*, v. 9 ff.:

> "Doch mir ahnet auch ein wenig,
> Daß uns etwas Gutes naht:
> Macht vielleicht der Preußenkönig
> Mich zum Oberhofbartrat?

Dann sollst du Frau Rätin heißen
Oder Frau Direktorin,
Und wir wohnen wechselsweise
In Potsdam und in Berlin."

13. **Wenn der Papst die Grete freit:** 'when the Pope woos Peg'—i.e., never.

aufs Jahr um Sankt Ägidi: 'a year hence on (*or* about) St. Aegidius' day'—i.e., 1st September.

kaiserlicher Kammerkomponist: 'composer to the Imperial court'. Mozart was appointed to this office on 7th December 1787. See note to p. 9 on *zusamt der kaiserlichen Pension* and note to p. 12 on *der König von Preußen hab einen Kapellmeister nötig.*

Beiß dich der Fuchs dafür!: 'Plague take you for saying so!'.

Zum Exempel: old-fashioned for *zum Beispiel.*

die Volkstett: the fictitious "Frau Generalin Volkstett" mentioned on page 3. The definite article is used in this familiar sense when speaking of someone who is a close acquaintance (as in this case) or who is very famous—e.g. "die Schwarzkopf", "die Duse".

in ihrem feurigsten Besuchssturmschritt . . .: The sentence is almost untranslatable. Say: 'comes sailing over the Kohlmarkt, charging along at her hottest visiting-pace'. The Kohlmarkt is an important street in Vienna. See sketch-map, p. 81.

schwattelt: usually *schwappelt* = 'splash (over)'. Say: 'overflows with'.

Embrassement: (French) 'embracing', 'kissing'.

Odem: (archaic and poetic) = *Atem*, 'breath'. Cf. p. 59, *Geistesodem*, 'the breath of their spirit'.

Stendal: a town about sixty miles to the west of Berlin, where "die Volkstett" has been visiting her brother-in-law.

ins Karlsbad: = *nach Karlsbad*—a famous health-resort in western Bohemia (Czechoslovakia).

14. **Kaiser Joseph:** Joseph II of Austria, emperor from 1765 to 1790. Cf. note to p. 12 on *der König von Preußen hab einen Kapellmeister nötig.*

vif: (French) 'lively'.

Unter den Linden: a famous street in Berlin, so called from the linden or lime-trees growing at the sides.

Ganze Gespräche ... schüttelte sie aus dem Ärmel: 'She improvised (literally 'shook out of her sleeve') whole conversations, the loveliest anecdotes'. Constanze has the true artistic temperament and shows it even in her conversation. Cf. p. 10: "ein ganzes Künstlerblut".

Potsdam ... Sanssouci ... Schönbrunn ... Burg: Potsdam, a town about 16 miles to the south-west of Berlin, was the residence of the kings of Prussia since the times of Friedrich Wilhelm, "der große Kurfürst" (1640–88). Sanssouci is a palace in Potsdam built in 1745–48 in the rococo style by Knobelsdorff for Frederick the Great. Schönbrunn, about three miles from the centre of Vienna in a south-westerly direction, was formerly the imperial palace, begun by Fischer von Erlach in 1696. The *Hofburg* or *Burg* was the residence of the emperors in Vienna.

den Ansatz eines ordentlichen Geizchens: 'the beginnings of a proper little miserliness'.

nehmen's nur: = *nehmen Sie nur*, Austrian for *stellen Sie sich vor*—'just think', 'just imagine'.

gegen den höchsten Herrschaften über: = *den höchsten Herrschaften gegenüber*, 'opposite the most exalted personages'—i.e., the royal family. *Gegenüber* cannot be so divided in modern German.

Reis'präsent: = *Reisegeschenk*, 'souvenir'.

Tarar: The opera *Tarare* (1787) by Antonio Salieri (1750–1825), originally written to a French text, was adapted by Da Ponte in Italian and performed under the title of *Axur rè d'Ormus* in Vienna (first performance 8th January 1788), where its great success overshadowed *Don Giovanni*. Salieri, later the teacher of Beethoven, Schubert and Liszt, was Mozart's most serious rival. It was a rivalry which involved not only personal ambitions but also national antagonism, Salieri representing Italian, Mozart German music. Cf. note to p. 10 on „*Figaro*" . . . „*Cosa rara*".

gelten's: = *gelt?*, *nicht wahr?* Cf. note above on *nehmen's nur*.

15. **Schnepfen . . . Falken . . . :** 'to let our dear snipe-loving public (for ever delighting in *Cosa rara*) see for once a sort of falcon.' The bird-metaphor (*Cosa rara* = the low-flying snipe, *Tarare* = the high-flying falcon) is continued in the suggestion that the "arch-envier" Salieri and his accomplices were intriguing to ensure that *Don Giovanni* would be presented as *Figaro* had been—finely "plucked", neither quite dead nor quite alive.

alles: 'everybody'; the neuter singular is used to indicate people of both sexes. Cf. p. 19, l. 26: "Eins um das andere"; p. 19 l. 20: "alles"; p. 58, l. 26: "keines"; etc.

Kaldausche: This word is not otherwise known in German. Some editors think Mörike may have written it by mistake for *Kaldaunen* ('chitterlings', 'tripe'). Dr Hubert Arbogast, editor of the volume of "Erzählungen" in the Stuttgart historical-critical edition of Mörike now in course of publication (see Select Bibliography), has kindly informed me that he considers *Kaldausche* to be a corruption of the Serbo–Croatian *Kolatsch*, which according to Dr Dragoslava Perišić of Belgrade in a letter communicated by Dr Arbogast, is now used generally in Jugoslavia in the sense of 'cake'. (L. Brandl's suggestion that *Kaldausche* is a Serbo-Croatian word denoting a kind of broth or bouillon is not confirmed by Dr Perišić.)

Absalon: Salieri is referred to under the name of the intriguing son of David, perhaps because he was the favourite of the Emperor just as Absalom was the favourite of David. Cf. II Samuel, xviii, 29 (Luther's translation): "Der König aber sprach: Gehet es auch wohl dem Knaben Absalom?"

Erzneidhammel: 'arch-envier'. *Neidhammel* or *Neidhart* = 'envious person'.

Brava! bravissima!: (Italian) feminine positive and superlative of *bravo!*

verküßte: (dialect) 'kissed her again and again'.

die leider niemals . . . erfüllt werden sollte: Mozart was to gain virtually nothing by his journey to Berlin (from 8th April to 4th June 1789)—neither the appointment he hoped for nor any considerable financial reward. Cf. his letter to Constanze, 23rd May 1789: "Mein liebstes Weibchen, Du mußt Dich bei meiner Rückkehr schon mehr auf *mich* freuen als auf das Geld."

16. **Himmel:** 'canopy', 'tester'. *Himmelbett* = 'canopy-bed'.

linker Hand: "(adverbial genitive) = *zur linken Hand, an der linken Seite*" (Glascock).

Doppeltreppe: 'double stairway', to be ascended from either side (Glascock).

Blumenparterre: 'flower-beds'. The plural is usually *Parterres.* — The castle with its statues of gods and goddesses and the garden with its flower-beds, pine-trees, winding paths, spring-basin and artificial orangery, are very typical of the rococo style. The description is said to have been influenced by Mörike's recollections of Pürkelgut castle near Regensburg (Maync's edition, vol. III, p. 509). Cf. Introduction, p. xxviii, footnote.

berührte: 'touched', 'skirted'.

Orangerie in Kübeln: an orangery, or group of orange-trees, in tubs.

17. **Pomeranzenbaum:** 'orange-tree'. *Pomeranze* = 'Seville (or bitter) orange'. *Orange* or *Apfelsine* = an orange of sweet variety.

mit seinen blauen Augen: Hummel in his reminiscences speaks of Mozart's "large blue eyes" (O. E. Deutsch, *op cit.*, p. 527).

18. **Sind beschäftigt:** 'She is busy'. The plural verb is used as a mark of respect for a person of high rank.

glaubt Er: The third person singular was commonly used when addressing persons of socially inferior station. The Count addresses the gardener in the second person plural, e.g. p. 19, l. 32: "geht nur!"

ehbevor: archaic and emphatic for *ehe* or *bevor*.

während daß: old-fashioned or dialectal (cf. French *pendant que*). Now simply *während*.

Grazien und Amoretten eines Himmelbetts: The canopy-bed, in which, as we have seen, Constanze has gone to sleep, is decorated with pictures of the Graces and of little Cupids, by whose hovering forms she is surrounded (*umgaukelt*).

19. **Ihro Gnaden:** dative of *Euer Gnaden*, 'Your Grace'—an old-

fashioned title of respect. Translate: 'Your Ladyship'. Similarly old-fashioned and obsequious is *Hochdero*, 'your most obedient' etc.

Viatikum: (Latin) 'travelling-money', 'provision for a journey'.

20. **Ew.:** abbreviation for *ewer*, former spelling of *euer*.

auch ist er sehr hochmütig: Cf. Mozart's letter to his father, 2nd June 1781: "Wenn ich sehe, daß mich jemand verachtet und gering schätzet, so kann ich so stolz sein wie ein Pavian."

Velten: diminutive of "Valentin", the name of the gardener. The countess is evidently aware of the man's inclination to rudeness.

hm!: here evidently an exclamation of anger. Usually it expresses reflection, pensiveness; cf. p. 48, l. 36: "Hm, dacht ich . . .".

Geschwinde: older form of *geschwind*. Again at p. 36, l. 32. Cf. p. 56, l. 25: *helle* (for *hell*).

Die neunte Muse: There were originally nine oranges on the tree, one for each of the nine Muses (cf. p. 36, l. 15: "dreimal drei, nach der Zahl der neun Schwestern"). Max promises that Mozart's thoughtlessness will not cause the ninth Muse to go short.

21. **in mehrerer Nähe:** archaic for *näher*. The comparative of *mehr* now appears only in the expression *mehrere*, 'several'.

Gallizin: Prince Dimitri Galitzin, Russian Ambassador in Vienna. Mozart often took part in private concerts in Galitzin's palace (E. Schenk: *Mozart and his Times*, London, 1960, p. 339).

22. **Hagedorn . . . Götz:** Friedrich von Hagedorn (1708–54) and Johann Nikolaus Götz (1721–81) were prominent exponents of the "Anacreontic" poetry popular in the rococo period. Ostensibly imitating Anacreon (a Greek poet of the sixth century B.C.), they wrote graceful little poems in praise of love and wine. Mörike himself published a good translation of Anacreon in 1864.

geworden: usually *zuteil geworden*, 'fallen to his lot'. Again at p. 25, l. 32.

kecke Stegreifsprünge: "bold leaps made on the spur of the moment" (Howard).

carmoisinrote: or *karmesinrote*, 'carmine', 'crimson'.

Eines: 'somebody'. Cf. note to p. 15 on *alles*.

die Arie Susannas: from *The Marriage of Figaro*, Act IV, Scene 10. — Susanna, the charming maid and confidante of Countess Rosina, is being amorously pursued by Count Almaviva, the countess's husband. Susanna promises to meet him in the garden at nightfall, but she and the countess exchange dresses before entering the garden. Figaro, however, the clever servant of the count and the fiancé of Susanna, suspects her of really being about to yield to Almaviva; and in order to punish Figaro for these unworthy suspicions and torment him a little, Susanna sings the beautiful aria "Deh vieni, non tardar, o gioja bella"

("O come, do not delay, my heart's delight!")—ostensibly apostrophizing the count but actually expressing her love for Figaro.—Eugenie's choice of this aria is appropriate on the day of her own betrothal.

23. **indem es gleich jedermann wohl in ihr wird:** A more normal word-order would be: *indem es jedermann gleich wohl in ihr wird*—'as everybody immediately feels happy in it' (i.e., in the sunshine). — This is the criterion by which Mörike himself judged the value of any work of art. Cf. his remarks on Goethe's *Wilhelm Meister* (letter to Luise Rau, 10th December 1831): "So oft ich eben eine Seite lese, wird as heller Sonnenschein vor meinem Geist, und ich fühle mich zu allem Schönen aufgelegt. Es setzt mich wunderbar in Harmonie mit der Welt, mit mir selbst, mit allem. Das, dünkt mich, ist das wahrste Kriterium eines Kunstwerks überhaupt. Das tut Homer auch und jede antike Statue."   ..

24. **eines jener glänzenden Stücke . . .:** The concerto which Mozart plays is one of those brilliant pieces in which pure beauty seems to subordinate itself to elegance—i.e., to graceful ornamental passages and "a multitude of dazzling lights".

   Pathos: not 'tender sadness' as in English, but 'fire', 'passion', 'spirit', as regularly in German.

   Kreuz- und Quergedanken: 'criss-crossing thoughts', 'zigzagging reflections'—the thoughts that sometimes dart erratically through the mind.

   gewendet: past participle where English would prefer a present participle: 'turning to Madame Mozart, the count said . . .' Again at p. 35, l. 18.

   ein Kennerlob zu spitzen: *spitzen* = 'to make pointed', 'sharpen', hence 'formulate in a pointed, effective manner': 'when it is a question of coining a connoisseur's commendation'.

   alles, was da geigt: 'all who fiddle'; *da* reinforces the relative pronoun. Cf. Luther's Bible (John, iv, 25): "Ich weiß daß Messias kommt, der da Christus heißt" (Howard).

   die Josephs und die Friedrichs: i.e., the Emperors of Austria and the Kings of Prussia. Joseph was a popular name with the former, Friedrich with the latter. The count is probably thinking especially of the reigning monarchs Joseph II of Austria and Friedrich Wilhelm II of Prussia.

   wo ich ganz in Verzweiflung bin . . .: Freely translated: 'when I am in the desperate position of happening to have not a penny-worth of wit's currency in all my pockets'.

   anderweitig: = 'other', 'further'.

25. **zu elfen nach Möglichkeit bunt:** There were eleven seated at table (the Count and Countess von Schinzberg and their son Max, Eugenie and her fiancé the baron, Franziska and her father, mother and elderly aunt, and Mozart and Constanze), and so far as possible the seating arrangement is *bunt*—i.e., ladies and

gentlemen alternating (as there are six ladies and only five gentlemen the arrangement cannot be *quite* "bunt").

zwei mächtig große Porzellanaufsätze mit gemalten Figuren: two huge porcelain centrepieces with painted figures, each supporting large dishes full of fruit and flowers. Such porcelain ornaments were typical of the fashionable rococo culture which it is one of the aims of Mörike's Novelle to depict. "'White gold' was the name given to porcelain—showing in what high regard the new material was held . . . Huge table services were built up, their innumerable component pieces decorated with costly painting . . . On special occasions the table would be adorned with porcelain figures which seemed as though moulded by the light to fresh and charming shapes with each change of position" (Schönberger and Soehner, *The Age of Rococo*, London, 1960, p. 60).

auf was Art: colloquial for *auf was für eine Art*, or *auf welche Art*. Cf. p. 49, l. 8: "zu was Zweck".

um ein Haar, so säß ich jetzt: 'if I had not escaped by a hair's breadth, I would now be sitting . . .'

26. **trutzen:** archaic and dialectal for *trotzen*, 'to defy'. Cf. the expression *zum Schutz und Trutz*, 'defensive and offensive'; also Mörike's *Der Jäger*, v. 5; "Sie trutzt mit mir und ich mit ihr".

als dreizehnjähriges Bürschchen: Mozart, born on 27th January 1756, was fourteen in 1770. His father regularly subtracted a year from his son's age in order to make him appear even more of a child-prodigy than he was (Schenk, *op. cit.*, p. 130).

Abbate: (Italian) 'priest'. Cf. p. 54, l. 30. Distinguish from German *Abt*, English 'abbot', which means head of an abbey.

Villa reale: 'Royal Park or Gardens'. Howard and Glascock assume that the *Villa reale* is the "Villa Comunale" in the north-western part of Naples. But it is not true that in the "Villa Comunale" one has Vesuvius "right in front of one" ("Gerade vor sich hat man den Vesuv", l. 29). Indeed, Vesuvius would hardly be visible behind the headland of Santa Lucia. It seems more probable that the *Villa reale* is to be identified with the "Villa Nazionale", which stretches down to the sea by the main harbour near the centre of the city, and which could well be called "Villa reale" as being immediately adjacent and properly belonging to the "Palazzo reale". Here Vesuvius is indeed directly opposite. On the right there is the "prachtvolle Straße" now called "Via Nazario Sauro". On the left "eine reizende Küste" curves south-eastward from the main harbour towards Sorrento.

Commedianti: (Italian) 'comedians', 'actors'.

figli di Nettuno: (Italian) 'children of Neptune'.

Carolina: Queen Maria Carolina (1752–1814), daughter of Maria Theresia, sister of Marie Antoinette, wife of Ferdinand IV, King of Naples and Sicily. She received the young Mozart with much kindness and hospitality during his visit to Naples.

28. **Saltarelli:** (Italian) plural of *saltarello*, a quick dance in triple time in which the dancer has to leap (*saltare*) at the beginning of each measure.

    Canzoni a ballo: (Italian) 'dance songs'.

    Quodlibet: (Latin) 'what one pleases'—a medley or selection: 'a whole potpourri lightly strung together like a garland'.

    obschon er weiter nichts zu meiner Sache tut: 'although it has no further relevance to my story'.

    Währenddem: archaic for *während*.

29. **auf ihren Fang aus:** 'out for their prey', 'intent on catching their prey'.

    Alarm: (from Italian *all'arme*, 'to arms!') an older form of *Lärm*. Here in the sense of 'confused noise and commotion'.

    Derweil: archaic or dialectal for *indessen, unterdessen*, 'meanwhile'.

    Hiemit war die Komödie beendigt: Hering (p. 365) maintains that the tripartite structure of Mozart's narrative (1. the two boats and their crews; 2. their fight for the girls; 3. their reconciliation) corresponds to the tripartite structure of the classical sonata form (1. the first and second themes in different keys; 2. the development section; 3. the recapitulation of the two themes in the same key). There is perhaps a vague general resemblance, but the analogy is not exact. Mozart's description of the reconciliation occupies only a few lines of his tale, while in sonata form the recapitulation usually constitutes about a third of the whole movement.

30. **Golf:** 'Gulf'; here 'Bay' (of Naples).

    Krethi und Plethi: properly the 'Cherethites and Pelethites' of King David's bodyguard (cf. Luther's Bible, II Samuel, viii, 18: "Benaja . . . war über die Chrethi und Plethi"). Say 'a mixed lot', 'a rich variety', 'helter-skelter'.

    Masetto . . . Zerlina: For a summary of the plot of *Don Giovanni* see note to p. 52 on *Die Auseinandersetzung der Fabel des Stücks*. Mozart is referring to Act I, Scene 7, where Masetto and Zerlina sing a duet accompanied by a chorus of peasants ("Giovinette, che fatte all'amore").

    sprützend: archaic or dialectal for *spritzend* or *sprühend* = 'sparkling'.

    ein frischer Busenstrauß . . .: '(as it were) a fresh bouquet with fluttering ribbon on a girl's breast'.

31. **Motiv:** 'motive' or 'motif'—in music a phrase or theme.

    ein ähnlicher Streich: Supply *aber* after *Erfahrungen*: 'One sometimes experiences strange things in art, *but* a coup like this one has never before happened to me.'

    die wechselnden Stimmen des Brautpaars . . .: The first strophe of the song is sung by Zerlina, the second by Masetto, the third by both together, and each ends with a refrain sung by the chorus.

The beginning of the song, which Mozart proceeds to "warble", is as follows:

ALLEGRO

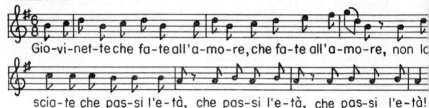

Gio-vi-net-te che fa-te all'a-mo-re, che fa-te all'a-mo-re, non lc

scia-te che pas-si l'e-tà, che pas-si l'e-tà, che pas-si l'e-tà!

The translation in the footnote is by Mörike.

Nemesis: the Greek goddess of Justice who ensures that retribution sooner or later overtakes every wrong-doer.

Vesuvio: Italian form of 'Vesuvius', German *Vesuv*.

Parthenopes: = 'of Naples'. The Sirens were said to have drowned themselves from annoyance at having failed to lure Odysseus to his destruction with their song, and the body of one of them, called Parthenope, was washed up on the shore where Naples afterwards stood. Hence the city itself was sometimes called "Parthenope".

so heiß hat mir nicht leicht jemand gemacht: 'few people have made me so hot under the collar'. One would expect *mich* rather than *mir*, as in the proverb *Was ich nicht weiß, macht mich nicht heiß*. But cf. *mir ist heiß, einem den Kopf heiß machen*.

Tiberius: Roman emperor from A.D. 14 to 37. Considered by modern scholars to have been a capable statesman, he was described by ancient historians as a monster of cruelty and viciousness. — Mozart's mind is still preoccupied with the scenery of Naples. Hence the gardener's intervention is compared with an eruption of Vesuvius and his expression with that of Tiberius, who was reported to have chosen Capri as the scene of his orgies. — The comparison with Tiberius is perhaps rather extravagant, since, under the circumstances, the gardener could hardly be blamed for treating an unknown interloper with some suspicion and hostility. Cf. the more reasonable attitude of the real Mozart in a similar situation (letter of 16th January 1782): "Dieser, da er mich niemalen gekannt, [ist] mir wahrhaftig kein Vertrauen schuldig."

32. **Stanzel:** diminutive of Constanze; cf. note to p. 5 on *Backhähnl*.
denen: archaic form of the dative plural of the definite article, *den*.
Per Dio!: (Italian) = *bei Gott!*
ein sauberes Bögchen grün liniert Papier: "a tidy little sheet of green-lined paper" (i.e., with lines suitable for music manuscript). — The undeclined form of the adjective or participle

before neuter nouns is common in poetry and familiar conversation. Cf. p. 47, l. 7: "eigen Eisen".

Brautlied: *Braut* = 'bride' or 'betrothed', 'fiancée'. The *Brautlied* which Mozart had written for Masetto and Zerlina is appropriately presented to Eugenie on the day of her own betrothal. Cf. note to p. 22 on *die Arie Susannas*.

Autographon: 'autograph'. Here in the sense of 'original manuscript'—referring to the MS. of the Masetto-Zerlina duet.

33. **Schrunde übers Kreuz:** "crack (in the bark) in the form of a cross" (Glascock). Cf. *übers Kreuz legen*, 'to lay crosswise'.

dem glänzenden Hofe Ludwigs XIV: 'the brilliant court of Louis XIV '(1643–1715)—the most distinguished period in the history of the French monarchy for political power and artistic achievement.

Sozietät: obsolete expression for *Gesellschaft*, 'society'.

34. **Ninon:** Ninon de Lenclos (1616–1706), distinguished for her wit and beauty, had a salon which was frequented by the most eminent men of the time, including Molière, Scarron, Fontenelle and La Rochefoucauld.

Frau von Sévigné: Madame (la marquise) de Sévigné (1626–96), famous for her numerous and beautifully written letters to her daughter, describing life and events at the French court.

Chapelles: Claude Chapelle (1626–86) had the reputation in his time of being a poet and a "wit" and was honoured with the friendship of Molière, La Fontaine and Boileau. Sainte-Beuve described him as "a lazy fellow too often drunk" ("un paresseux trop souvent ivre"), and he is mentioned here as the type of the ribald, profane person in contrast to the delicacy and refinement of Madame de Sévigné.

fanden sich . . . vor: "were found preserved" (Howard).

Trianon: "The *Grand Trianon*, a palace built by Louis XIV in the park of Versailles for Madame de Maintenon; a smaller one (the *Petit Trianon*) was built by Louis XV" (Glascock).

eine unheilvolle Zukunft: 'a disastrous future'—referring to the French Revolution. The fall of the Bastille occurred within two years of the incidents described in Mörike's "harmlose Erzählung". — It may be true that the seeds of the French Revolution had already been sown by the gross social inequalities and administrative failures of the age of Louis XIV. But it is strange that Mörike should find little "des wahrhaft Preisenswerten" in the period of Molière, Racine and Pascal. He seems to have had little first-hand knowledge of classical French literature, and may have been influenced here by the criticism of German Romantics such as the Schlegels.

35. **Hesperiden:** The Hesperides, or 'Daughters of Evening', were supposed to live far away in the west, near the Atlas mountains, guarding a tree that produced golden apples. This tree had been presented to Juno by Mother Earth on the occasion of Juno's

marriage to Jupiter. Max describes the orange-tree from which Mozart has plucked an orange as a descendant of that famous tree of the Hesperides, and as desiring the honour of similarly serving as a wedding-present.

vorlängst: archaic for *längst,* 'long ago'.

der musische Lorbeer: the laurel sacred to the Muses and especially to Apollo as the leader of the Muses. A laurel wreath was the symbol of pre-eminence in musical contests.

Die Myrte . . . lehrt ihn Geduld: "The 'myrtle' is sacred to Venus, and, like the orange blossom, is worn by brides" (Glascock).

36. **nimmer:** (South German) = *nicht mehr.*

allheilenden Händen: Apollo was not only the god of light, of music and of poetry, but also the god of medicine.

Phöbus: from Greek Φοῖβος, 'the radiant', another name for Apollo as the sun-god. In the following strophe "der Gott der Töne" again refers to Apollo, but there is also an allusion to Mozart who, in a typically baroque way, is identified with Apollo.

selbsten: archaic for *selbst.*

die barocke Wendung: "Barock" is the elaborate and ornate style of art and culture prevailing in the seventeenth century and developing in the eighteenth into the lighter and more graceful rococo. Here it means simply 'grotesque', 'quaint', 'whimsical'.

dem goldenen Weltalter: 'the Golden Age'—the mythical epoch described by Hesiod and other poets when the earth yielded its fruits of its own accord, when the life of mankind was free from strife and injustice, and when the world was a place of perfect innocence and happiness.

37. **den heiligen Quell . . . :** 'the sacred spring'—i.e. the Castalian Fount on Mount Parnassus, sacred to Apollo and the Muses. The spring was called after the nymph Castalia who threw herself into it to escape the pursuit of Apollo. Cf. p. 37, l. 30. The "old satyr" whom Max observes lurking behind in the bushes corresponds, of course, to the gardener in Mozart's adventure, and the "little Arcadian dance" to the duet which Mozart was inspired to write. Arcadia was a region of the Peloponnese which figures in legend as an idyllic land sacred to Pan and Apollo. Chiron was a centaur, learned in music as well as medicine, and the teacher of some of the greatest Greek heroes. "Die auf Grund des bekannten Pompejanischen Wandegemäldes herrschende Anschauung ist, daß er den jungen Achilles im Leierspiel unterwies" (L. Brandl).

Ramler: Karl Wilhelm Ramler (1725–98), translator and imitator of Horace. The verses referred to are Ramler's translation—modified by Mörike—of Horace's Ode III, 4, 60 ff.:

> ". . . numquam humeris positurus arcum
> qui rore puro Castaliæ lavit
> crines solutos, qui Lyciæ tenet

dumeta natalemque silvam,
Delius et Patareus Apollo."

Delos is a small island in the Aegean supposed to have been the birthplace of Apollo and consequently a centre of his cult. Patara was a town of Lycia in Asia Minor where there was a celebrated oracle of Apollo.

hieße natürlich schlechtweg: 'would mean in plain terms'—i.e., in prose.

38. **der Gelegenheit wahrnehmen:** The genitive with *wahrnehmen* is archaic; now regularly the accusative.

nach seiner Gewohnheit in Versen zu sprechen: On the basis of a report by Friedrich Rochlitz, who met Mozart in Leipzig in 1789, Oulibicheff writes (vol. I, p. 241): "Nachdem er [Mozart] in jener ausgelassenen Lustigkeit noch eine Weile verblieben war, und, wie öfters, in sogenannten Knittelversen gesprochen hatte . . ."

A la bonne heure!: (French) 'good!', 'excellent!'—*Ich bin dabei!* 'I am with you there!'

da Ponte . . . Schikaneder: Lorenzo da Ponte (1749–1838) was the librettist for Mozart's *Figaro, Don Giovanni* and *Così fan tutte*; Johann Emanuel Schikaneder (1751–1812), actor, singer and theatre-manager, wrote the libretto for *Die Zauberflöte.*

39. **endlichen Kanon:** A 'canon' is a kind of musical composition in which each voice takes up the melody successively until all are singing different parts of it at the same time. A canon can either be continued indefinitely ("unendlich") or be provided with a coda or close as in this case ("endlich").

das er auch . . . erfüllte: Mörike actually intended at one stage to publish along with his Novelle "a musical supplement" composed by his friend Louis Hetsch but purporting to be the music written by Mozart for the three-part canon which Mörike represents him as having joined in singing with Max and the count. The plan had to be abandoned because Louis Hetsch found himself unable to compose the "specifically Mozartian" music required. Cf. Mayne's edition, vol. III, p. 527, and Mörike's letter to the publisher Cotta, 6th May 1855, referring to this passage of the Novelle, "wo von einer in Wirklichkeit nicht vorhandenen Komposition des Meisters die Rede ist, die nun dem Leser, ohne die Absicht einer Mystifikation, sondern im Sinne der ganzen Erfindung, gleichfalls mitgeteilt werden soll, indem der betreffende Text von irgendeinem tüchtigen Komponisteur, den ich bereits gefunden und gewonnen habe, gesetzt wird; womit sich zugleich ein Handschriftfaksimile verbinden ließe."

ihrem Kleinod aus der Laube des Tiberius: Eugenie's 'gem from the bower of Tiberius' is of course the duet which Mozart has presented to her as a "Brautlied" (p. 32).

40. **des Luxus und der Mode:** an allusion to a well-known magazine

of the time entitled "Journal des Luxus und der Moden" (Maync's edition, vol. III, p. 510).

Pyrmonter: 'Pyrmont mineral water'. Pyrmont, "about thirty miles south-west of Hannover, has long been famous for its waters and its baths" (Glascock).

41. **denen Kügelgens:** dialect form of *Kügelchen*. For *denen* cf. note to p. 32.

Phlogiston: The doctor explains the process of digestion as a form of combustion, which, according to the obsolete theory of G. E. Stahl (1660–1734), was supposed to involve the separation of the hypothetical substance 'phlogiston' from the burning object ('phlogiston' from Greek φλογίζειν, 'to set on fire'). Mörike first wrote *Sauerstoff*, 'oxygen', but then substituted *Phlogiston* on the advice of his friend Bernhard Gugler, who evidently felt that the discovery of oxygen by Scheele and Priestley (1772) and Lavoisier's theory of combustion (developed between 1770 and 1790) would not be widely known in Mozart's time.

beigegangen: 'occurred' (to me); now usually *eingefallen*.

was da: cf. note to p. 24 on *alles, was da geigt*.

Kommerzienrat: 'Councillor of Commerce', a title given to merchants, bankers and other prominent business-men.

Professionisten: = *Handwerker*, 'craftsmen', 'artisans'.

Chalanten: (from French *chaland*) 'customers'.

dem Stephansplatz: the square in which the famous Cathedral of St Stephen stands. See sketch-map, p. 81.

42. **Gesundheitspaß:** the pace that is conducive to health—'at a regular, healthy walking pace'.

Rennweg: a broad street running south-east beyond the Kärntner Tor. See sketch-map, p. 81.

grün: here in the sense of 'saucy', 'cheeky' (because taking too many liberties with his health).

am mehrsten: dialectal for *am meisten*.

Montgolfiere: 'montgolfier', a balloon elevated by heated air, invented by Montgolfier in 1783. — In a letter of 19th October 1851 Mörike describes the ascent of an air-balloon ("das schwarze merkwürdige Ungetüm") which he had witnessed in Stuttgart.

Signora Malerbi: a fictitious person; but there is a tradition, probably untrustworthy, that Mozart had a somewhat similar experience with Teresa Saporiti, the singer who played the part of Donna Anna in the first performance of *Don Giovanni* in Prague. She is said to have expressed astonishment that such a distinguished artist should have such an undistinguished appearance—whereupon Mozart is reported to have withdrawn his favour and to have bestowed it, first on Caterina Micelli, then on Caterina Bondini (the singers impersonating Donna Elvira and Zerlina respectively—cf. H. Abert, *op cit.*, vol. II, p. 347). Such flirtations, however apocryphal, are evidently consistent with Mörike's conception of Mozart's character; cf.

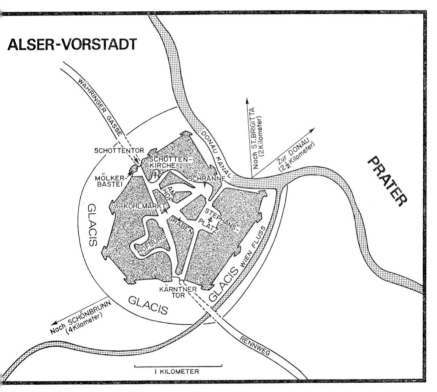

Sketch-map of Vienna in the late eighteenth century (inner city).

p. 38: "Sie haben mir schon meine schwache Seite abgemerkt" and Oulibicheff, vol. I, p. 172: "ein Freund der hübschen Frauen".

43. **Circe:** the enchantress of the island Ææa who turned the companions of Odysseus into swine (*Odyssey*, X, 237 ff.).

ein Körnchen Wahrheit: 'a grain of truth'. The profile which Mörike had in mind and to which he refers in his footnote is probably the boxwood relief by Leonhard Posch (1789) engraved by J. G. Mansfeld (see illustration pp. xxxii-xxxiii). Constanze considered it to be a "good likeness" (O. E. Deutsch, *op. cit.*, p. 538). The engraving appeared in a work of Mozart's published by Artaria of Vienna—presumably the "Klavierwerk" mentioned in the footnote, though the picture also appeared, reversed, in a piano arrangement of the E flat Symphony (K. 543) published in Prague in 1794.

ehestens alle: (her ready money) 'was about to be exhausted', 'would soon be all spent'.

Kartäuser und Trappiste: 'Carthusian and Trappist', a member of the most austere religious orders. The Trappists, in particular, were pledged under all circumstances to maintain complete silence.

Heulochs: = *Heuler*, 'blubberer'.

44. **Von seiner Wohnung bei der Schranne . . .:** For the places mentioned in this paragraph see the sketch-map, p. 81. *Schranne* (South German) = 'butcher's market' or 'corn-market', now the "Hoher Markt"; *Zeughaus*, the arsenal or armoury in the large square called "Am Hof" ("den sogennanten Hof"); *Pfarre zu unsrer lieben Frau*, "Parish-Church of Our Blessed Lady", also called "Schottenkirche"; *Schottentor*, the north-western gate of the old city, demolished with the other walls and fortifications of Vienna in 1858 (Glascock); *Mölkerbastei*, "Mölker Bastion", immediately to the west of the "Schottentor"; *Glacis*, a gentle slope or bank falling away from the walls and fortifications; *Kahlenberg*, a height to the north-west of Vienna; *den steierischen Alpen*, the Styrian Alps, some fifty or sixty miles to the south-west of Vienna; *Esplanade*, here evidently the same as "Glacis"; *Alser-Vorstadt*, the suburb Alser to the north-west of the city beyond the "Schottentor"; *Währinger Gasse*, now "Währinger Straße", a street running in a north-westerly direction from the "Schottentor" into the "Alser-Vorstadt". — Mozart's walk, from his house near the "Schranne" to the end of the "Währinger Gasse", must have covered about a mile and a half. He returns by the same route as far as the Glacis, but then, instead of entering the "Schottentor", he describes a half-circle round the (southern) ramparts and enters the city by the "Kärntner Tor" in the south (p. 48).

Brunnen-Obermeister: 'Senior Inspector of Wells' (Glascock).

Tran . . . Kümmel: 'train-oil and axle grease . . . seeds, dill and caraway'.

45. **ängstlich und gewissenhaft:** 'anxiously and conscientiously'. Mörike was always impressed by the thrifty bargaining of the country folk. Cf. *Idylle vom Bodensee*, v. 427 f.:
    "Lang vor den Buden verweileten sie, nach ländlichem
    Brauch erst
    Hart um den äußersten Preis den geduldigen Krämer
    bedrängend."

    wenig Kreuzern: 'a few farthings'. A *Kreuzer* was a sixtieth part of a gulden, i.e. rather less than a halfpenny.

    passen: = *aufpassen*, 'wait attentively'.

    darin: = *worin*.

    darauf: = *worauf*.

    Ein Gütchen wenn du hättest: 'If only you had a little estate (*or* farm)'. Notice the intense emphasis on "Ein Gütchen" resulting from the inversion—the object of the sentence coming first, before the subject and predicate.

    Birn: = *Birnen*.

46. **Er trat vor den Laden . . .:** The following story of the purchase of wooden implements and articles was based, according to a remark of Berthold Auerbach's, on a personal experience of Mörike's (Maync's edition, vol. 3, p. 510). — In the characterization and situation of Kreszenz there is possibly a reminiscence of Barbara, the heroine of Grillparzer's *Der arme Spielmann*. Cf. note to p. 8 on *Brigitten-Kirchtag*.

    Kärntner Tor: See sketch-map, p. 81.

    zu unmaßgeblichem Gebrauch: perhaps 'for no definite purpose', 'for some use or other' (Howard). But this is a strange use of *unmaßgeblich*, which regularly means 'humble', 'modest'—e.g. *nach meiner unmaßgeblichen Meinung*.

    kein Tragen für Herrn: 'not exactly the thing for gentlemen to carry' (Glascock). Cf. p. 51: "mein Mitbringen" = 'what I have brought along'.

47. **am Gulden einen Batzen:** A *Batzen* was a small coin formerly current in South Germany, Switzerland and Austria. It was worth 4 Kreuzer or one fifteenth of a gulden. So the girl earns about a penny ha'penny for every two shillings of the takings.

    O was! . . .: 'What nonsense! . . . that same iron, I'm afraid, is still growing in the mountain, at the very back'; — *schätz ich*, South German for *denk ich*.

    drinnen: = 'in town', 'in the city'.

    Gant: = *Zwangsversteigerung*, 'compulsory auction'.

    Wart: = *Wartet*, 'Just wait!'. The e of *wartet* is elided.

48. **Stiege:** = *Treppe*, 'staircase'.

49. **Zu was Zweck:** 'For what purpose?' Cf. note to p. 25 on *auf was Art*.

Ah maledette! disperate!: (Italian) 'Oh you cursed, miserable creatures!' (*mosche*, 'flies', is understood).

ein Stück zwanzig: 'about twenty'. Cf. the popular expression *ein Stücker zwanzig*, a corruption of *ein Stück oder zwanzig*.

Esterhazy . . . Haydn: Prince Esterházy, a member of a wealthy Hungarian family, is now remembered only for his patronage of Joseph Haydn (1732–1809). Haydn was orchestra leader and musical director for Esterházy in Eisenstadt from 1761 till 1790 and again from 1795 until his death. On 1st September 1785 Mozart dedicated six string quartets to Haydn with the words: "Al mio caro amico Haydn". Haydn for his part declared Mozart to be "der größte Komponist, den ich von Person und dem Namen nach kenne" (letter of Leopold Mozart, 16th February 1785). — In the fictitious letter from Haydn Mörike deliberately introduces several antiquated expressions: *größesten* for *größten*, *Quartetten* for *Quartette*, *ausgeführt* for *aufgeführt*, *befriediget* for *befriedigt*. Cf. Mörike's distich on Joseph Haydn:

> „Manchmal ist sein Humor altfränkisch, ein zierliches Zöpflein,
> Das, wie der Zauberer spielt, schalkhaft im Rücken ihm tanzt."

50. **Hauptmann Wesselt, Graf Hardegg:** possibly fictitious persons, but there was a Count Johann Hardegg in Vienna whom Mozart had known since his first visit to the capital in 1762 (Schenk, *op. cit.*, p. 43), and Rokyta (p. 145) argues that Wesselt is to be identified with Jan Veselý who is mentioned in Niemetschek's biography.

dein Stückchen an der Wien: 'your plot of land by the Wien'. The Wien is a small river flowing through Vienna into the "Donau Kanal". The "Kärntner Tor", in front of which the land was situated (p. 46, l. 13), was not far from the Wien. See sketch-map, p. 81.

Spargeln: in modern German the plural is *Spargel*.

Dingerl wie die Federspulen: 'little things just like quills'. For the Austrian diminutive ending *-erl* see note to p. 5 on *Backhähnl*.

ohne jemandes Anklagen: Glascock takes this to mean 'without anyone's denouncing her (for it)'. But the sense of the passage seems to require that *jemandes* be understood as an *objective* genitive: 'without the denouncing of anybody', 'without anybody being accused'. Mozart and his friends encourage the girl to speak out by assuring her that they will handle the matter discreetly and not let her words go further. Nevertheless (*gleichwohl*) she has the good sense to use her freedom of speech with moderation.

51. **im Trattnerischen Saal:** 'in the Trattner Hall'. Johann Thomas

von Trattner, a wealthy publisher and bookseller, owned a mansion called the "Trattnerhof" in the inner city (Graben, no. 29). The "Trattner Hall" was on the first floor of this mansion, and Mozart is known to have used it for three concerts in March 1784.

Entree *ad libitum:* (French *entrée*) 'the price of admission' (Latin *ad libitum*) 'being at the discretion of the patron'. Everybody pays just as much as he pleases.

Duscheks in Prag: Franz Xaver Dušek was a pianist, music teacher and composer; his wife Josepha was an excellent singer. Mozart had been friends with the Prague couple since their visit to Salzburg in 1777. On arriving in Prague for the first performance of *Don Giovanni*, Mozart and Constanze "alighted at the Three Lions inn (then Kohlmarkt 20), but also stayed intermittently with the Dušeks at the Villa Bertramka, their country seat at Smïchov" (a Prague suburb on the left bank of the Moldau)—Deutsch, *op. cit.*, p. 299.

einem schön durchbrochenen Schokoladenquirl: "a finely perforated chocolate-stick (like an egg-beater, but twirled between the palms of the hands)" (Howard).

sich . . . verunköstigt hat: (Swabian) 'has gone to the expense of', 'has gone to the trouble of'.

52. **jenes berühmte Kunstwerk des florentinischen Meisters:** the famous salt-cellar of the great Florentine goldsmith and sculptor Benvenuto Cellini (1500–71), completed in 1543 for Francis I, King of France. In 1570 it was presented to the Archduke Ferdinand II of Tyrol and was kept in his castle of Ambras near Innsbruck. Ferdinand's art collection (the *Ambraser Sammlung*) was transferred in the nineteenth century to the Lower Belvedere in Vienna, where the salt-cellar still remains. Cellini describes it in detail in his autobiography (II, xxxvi: "It was of oval form, about two-thirds of a cubit high, and was all of gold, worked with the chisel" etc.), a book which Mörike re-read, in Goethe's translation, "mit dem größten Vergnügen" in 1846–7 (cf. letter to Hartlaub, 31st December 1846).

„Höllenbrand": 'hell-fire' or 'hellish rake'. The word could apply either to the opera as a whole or to its diabolical hero, Don Juan; but the latter is more probably intended. Cf. *Maler Nolten*, Helga Unger's edition, vol. I, p. 352, where "Höllenbrand" is used of a *person* (Agnes addressing Nolten).

Die Auseinandersetzung der Fabel des Stücks: 'The explanation of the plot of the opera'. For the convenience of the reader the action may be outlined as follows:—The dissolute Spanish nobleman Don Giovanni has attempted to violate Donna Anna and actually kills her father, the Commendatore (a knight of a religious order). Donna Anna demands of her fiancé, Don Ottavio, that he should avenge this crime. A change of scene reveals Donna Elvira, a lady of Burgos whom Don Giovanni has seduced and abandoned and who is now searching for her faithless lover. Don Giovanni successfully eludes her, leaving her with his servant Leporello, who mockingly sings the "Catalogue" aria—the list of Don Giovanni's many loves in France, Germany, Italy, Turkey and Spain. At this point the peasant Masetto and the pretty peasant girl Zerlina appear accompanied by a chorus of country-folk. Masetto and Zerlina are celebrating their wedding with singing and dancing ("Giovinette che fate all'amore"), when Zerlina has the misfortune to attract the attention of Don Giovanni; but Donna Elvira arrives in time to save her from his attempted seduction. She also warns Anna and Ottavio against him, and Anna, recognizing Don Giovanni as the murderer of her father, demands that he be punished ("Or sai chi l'onore"). Don Giovanni escapes again and engages in new adventures. In the churchyard, close by the statue of the Commendatore whom he has murdered, his ribald laughter is interrupted by the words apparently spoken by the statue: "Your laughter will end before dawn" ("Di rider finirai pria dell'aurora"). Don Giovanni has the temerity to invite the statue of the dead man to come to his house and sup with him. The finale discloses Don Giovanni at table, served by Leporello and entertained by a band of musicians. Donna Elvira appears and makes a last desperate attempt to persuade Don Giovanni to change his vicious mode of life. But he only laughs at her. As she is going out she is heard to utter a scream of terror. Then a dreadful knocking at the door is heard. Don Giovanni opens it and the statue of the dead Commendatore enters. The terrible apparition urges Don Giovanni to repent before it is too late. Don Giovanni persists in his refusal and at last disappears enveloped in the flames of hell.

das Textbuch: 'the libretto'. Mozart and Constanze do not perform from the score, but have only the words before them, relying on their memory for the music.

ein . . . aus einem Fenster . . . getragener Akkord: cf. Mörike's poem *Auf einer Wanderung*:

"In ein freundliches Städtchen tret ich ein,
In den Straßen liegt roter Abendschein.
Aus einem offnen Fenster eben,
Über den reichsten Blumenflor
Hinweg, hört man Goldglockentöne schweben,
Und *eine* Stimme scheint ein Nachtigallenchor,
Daß die Blüten beben,
Daß die Lüfte leben,
Daß in höherem Rot die Rosen leuchten vor . . ."

der nur von *dorther* kommen kann: The emphatic *dorther* evidently refers to the supersensible world: 'only from *there*'—only from the beyond, or from Heaven. Cf. *Maler Nolten*, Helga Unger's edition, vol. I, p. 375: "Daß eine Gottheit diesen matt-gehetzten Geist, weichbettend, in das alte Nichts hinfallen ließe! . . . Und doch, wer kann wissen, ob sich *dort* nicht der Knoten nochmals verschlingt?"

„Macbeth", „Ödipus": referring to Sophocles' tragedy *King Oedipus* with its sequel *Oedipus at Colonus*. — Mörike's two examples are probably not chosen at random but because of certain obvious parallels to *Don Giovanni*. In both *Macbeth* and *Oedipus*, as in *Don Giovanni*, the hero is a man who has committed dreadful crimes; there is a powerful supernatural or demonic element (the witches—the Greek gods, especially Apollo); and our sympathies are involuntarily excited by the courage and grandeur with which the guilty hero finally meets his fate.

den günstigen: Supply *Stand* from the preceding co-ordinate clause. Mozart's audience was not in such a favourable *situation* as we are to appreciate the work, did not have such an advantageous *position*.

53. Von achtzehn fertig ausgearbeiteten Nummern: Mörike assumes that Mozart at this stage has completed the first eighteen numbers of the opera, the eighteenth ("das letzte Stück dieser Reihe") being the sextet of Act II, Scene 7. This counting will be found to be correct if we disregard the two arias mentioned in the footnote (Elvira's aria "Mi tradì quell' alma ingrata" is in any case irrelevant since it comes *after* the sextet) and if we also disregard Don Ottavio's aria "Dalla sua pace", which was likewise inserted later and is therefore not counted as a separate number in some editions. Included in the eighteen, however, is the Masetto-Zerlina duet which Mozart is supposed to have written in the orangery. — In the footnote Mörike actually wrote "Leporellos „Hab's verstanden""", and this reading is repeated in all previous editions of the Novelle. But Mörike knew very well that the aria referred to is sung by Masetto. *Leporellos* is merely a slip of the pen, and the error should not be perpetuated.

Bericht: The 'report' on which Mörike ostensibly bases his story is a fiction. Cf. note to p. 3 on *die Baronesse von T. an ihre Freundin*.

Frau: Some interpreters take this to refer to Eugenie (so Farrell, p. 44: "which two arias Eugenie sang"), but it certainly refers to Constanze. Eugenie would be called "das Fräulein", as at p. 53, l. 18, while Constanze is regularly "die Frau", as at p. 5, l. 24. Constanze was in fact a very good singer. A contemporary notice says of her that she "spielte Klavier und sang ganz artig" (*Jahrbuch der Tonkunst*, 1796, 43). She sang the soprano part in Mozart's C minor Mass in Salzburg (26th October 1783) and in 1796 appeared as a concert artist in Berlin (Abert, *op. cit.*, vol.

I, p. 815, Deutsch, *op. cit.*, p. 219). Assuming that her voice was both "stark" and "lieblich", Mörike suggests that the two arias she sang may have been Donna Anna's "Du kennst den Verräter" ("Or sai chi l'onore"), which is in a powerful, heroic tone, and one of the two arias of Zerlina (either "Batti, batti" or "Vedrai, carino"), which call for a sweeter, more gentle voice.

regungslos, wie eine Bildsäule: cf. Mozart's letter of 7th October 1791: "was mich aber am meisten freuet, ist der *stille* Beifall!"

der vorläufig auf den Anfang Novembers anberaumten Aufführung: The first performance of *Don Giovanni* was in fact originally planned for 14th October 1787 but had to be postponed to leave sufficient time for rehearsals, and actually took place on 29th October.

in petto: (Italian) 'in his breast'—i.e., 'in mind', 'up his sleeve'.

54. **„Leporello!" rief der Graf . . .:** The count humorously addresses his servant by the name of Don Giovanni's henchman; but as Mozart is about to play the Finale—the most dreadful and tragic scene of his opera—he indicates that further drinking is not in place: "No, please! the time for that is past—my squire has his last drop in his glass." This interpretation assumes that the words "Nicht doch . . . Glase" are spoken by Mozart. Pachaly thinks they are spoken by Constanze ("Constanze möchte verhindern, daß ihr Gatte noch mehr trinkt, und bevormundet ihn"); while Glascock supposes them to be spoken by the servant whom the count has just addressed as "Leporello": "The servant means to say with playful sauciness, 'Der Herr Graf hat schon genug getrunken'". But a servant would hardly risk a remark that might be considered intolerably impertinent. Since Glascock identifies the *Junker* with the count, it follows that in his next speech, "Wohl bekomm's ihm — und jedem das Seine!" the count must be talking about himself—"the count humorously toasts the squire, i.e. himself". But this is rather vapid. The *Junker* is surely Don Giovanni (Mozart calls him "*mein* Junker" because he is *his* hero, the hero of his opera), and the count is saying "Much good may it (his last glass of wine) do him—and may everyone have what is due to him!" (an allusion to Don Giovanni's deserved damnation). *Jedem das Seine* is a translation of the Latin phrase *suum cuique.* Cf. Mörike's remark on the German princes who seemed to be getting what they deserved in the Revolution of 1848: "*Habeant sibi!*" (letter to Hartlaub, 24th March 1848).

Sillery: a kind of champagne, named after the place in France where it is produced.

Eisenstadt: cf. note to p. 49 on *Esterhazy . . . Haydn.* We must suppose that Mozart had agreed to travel to Eisenstadt and satisfy Prince Esterházy's desire to hear "a sample of the work" ("eine Probe von dem Opus", p. 54, l. 28)—referring, presumably, to *Don Giovanni*.

Richters Essen: perhaps referring to the Dutch pianist Georg Friedrich Richter, with whom Mozart was associated in his concerts in the Trattner Hall.

Veit: the supposed name of Mozart's servant.

Abbate: cf. note to p. 26. Here the "Abbate" is the librettist Lorenzo da Ponte (cf. note to p. 38), who is so styled because he had studied in the theological seminaries of Ceneda and Portogruaro and in 1773 had been ordained as a priest.

sitz ich . . . hin: for the more usual *setze ich mich hin*.

wie gut der Kauz verstand, was ich wollte: Mozart did not content himself with setting to music the words the librettist provided for him, but took an active part in designing the whole action of the opera. The librettist had to satisfy his requirements. This is true of the historical Mozart as well as of the Mozart of Mörike's Novelle.

55. **der Auftritt bei der Reiterstatue:** cf. note to p. 52 on *Die Auseinandersetzung der Fabel des Stücks*.

Krone: colloquial for *Kopf*.

ein Adagio . . .: 'a slow movement' (Italian *adagio*, 'slow', 'leisurely'). In the churchyard scene, Act II, Scene 11, the first words of the statue, "Your laughter will end before dawn" ("Di rider finirai pria dell' aurora") are sung in a short passage of only four bars in the key of D minor ('*d moll*'). And then, after Don Giovanni's astonished question: "Who has spoken? . . . Who is there?", the statue speaks again: "Shameless and reckless man! leave the dead in peace!" ("Ribaldo, audace! lascia a' morti la pace!"). Both passages are accompanied by trombones (*Posaunen*—"die stärksten Blasinstrumente") and in each passage the voice of the dead Commendatore keeps repeating the same note ("eintönig wie zuvor"):

ADAGIO

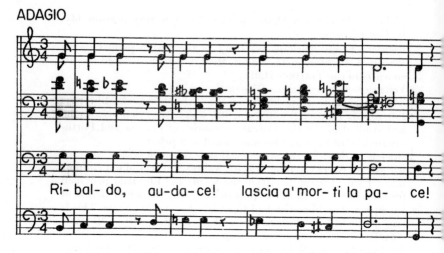

Ri- bal- do, au-da-ce! lascia a' mor- ti la pa- ce!

Wie von entlegenen Sternenkreisen . . .: 'As from distant con-
stellations . . .'. The churchyard scene in *Don Giovanni* is supposed
to take place in "a beautiful night, clearer than the day" (Act II,
Scene 11: "Che bella notte! è più chiara del giorno"). Mörike's
fine image is an example of the 'synaesthesia' found not in-
frequently in the writings of the Romantic period (examples
from Tieck and Hoffmann are quoted in Maync's edition, vol.
III, p. 510); but, as Mautner (p. 211) remarks, Mörike's use of
synaesthesia is free from the too self-conscious artistry of the
Romantics. Mautner also rightly asserts that the sounds described are felt to be "coming from the stars" both acoustically
and symbolically—as symbols of the divine justice in Mozart's
opera. The "silberne Posaunen" are probably associated in
Mörike's mind, as Immerwahr suggests, with the "trumpets"
of the four horsemen of the Apocalypse.

56. **wie seltsam schauerlich . . .:** "in what a strangely eerie way his
voice wanders erratically up and down on the rungs of an air-
woven ladder!"—perhaps referring to the ominous rising and
falling scales with which the violins and flutes accompany the
Commendatore's voice, or perhaps to the slowly ascending
chromatics in which he sings the words "Tu m'invitasti a cena"
etc.

wem zitterten nicht Herz und Nieren: 'whose heart and reins
would not tremble with delight and fear at once?' (cf. *Psalms*,
vii, 9: "God trieth the hearts and reins").

dies verzweifelte Dibattimento . . .: 'this desperate altercation
as far as the chorus of spirits'. *Dibattimento* (Italian), 'debate',
'dispute', refers to the dreadful duologue of Don Giovanni and
the ghost of the Commendatore. After Don Giovanni's final
refusal to repent, the Commendatore disappears, there are

"flames on all sides" and earth-tremors, and a subterraneous chorus of spirits is heard.

ein überquerer Gedanke: 'an erratic thought', 'an idea suddenly crossing the mind'. *Überquer,* 'crosswise', 'obliquely', is usually adverb. Cf. p. 24, l. 16: "Kreuz- und Quergedanken".

wenn du noch diese Nacht wegstürbest: cf. p. 9: "die Ahnung eines frühzeitigen Todes, die ihn zuletzt auf Schritt und Tritt begleitete". The concluding passages of the Novelle are dominated by this presentiment of premature death. It is an experience which often seems to have preoccupied Mörike himself, and to which he gave perfect poetic expression in the late poem *Erinna an Sappho.* It is significant that as the thought occurs to him Mozart's gaze is held by the candle burning away in his hand—an *Ursymbol* of the transience of life.

57. **vielleicht gar so ein Welscher:** 'perhaps even some Italian type'. *Welscher*: contemptuous for 'Italian' or 'Frenchman'. One may think here of Salieri and Mozart's rivalry with him. Cf. notes to pp. 10 on „*Figaro*" . . . „*Cosa rara*" and 14 on *Tarar.*

mit Ausnahme *einer* Piece: The missing piece is No. 5, the Masetto-Zerlina duet, which, according to Mörike's tale, remained at first "unerledigt" (p. 30) and for which he found the right idea only in the count's garden. We have seen that Mozart now has not seventeen but "achtzehn fertig ausgearbeiteten Nummern" (p. 53). So we must suppose that in the three weeks that have elapsed between the journey to Eisenstadt and the journey to Prague Mozart has composed an additional number—the great sextet (No. 18). Notwithstanding the "tüchtigen Felsbrocken" which he composed on the eve of the Eisenstadt journey, the Finale of Act II is still unfinished and is not to be counted among the eighteen completed numbers.

und er fände . . .: 'and he should then suddenly find this fine block (*or* boulder) already dealt with'.

und dankte, liebes Weibchen, deinem Genius . . .: Notice how charmingly Mozart leads his recital back from the almost too serious tone it has assumed to a lighter style more consonant with the ordinary mood of society.

Ratze: (South German) = *Ratte; wie eine Ratze schlafen,* 'to sleep like a top'.

befrugst: colloquial or dialectal for *befragtest.*

unbeschrieen: 'not bruited abroad', 'not fussed over'. A favourite word of Mörike's; cf. his letter to Mährlen, February 1828: "Aber ich hüte mich, pro tempore meine Brut viel zu beschreien: wenn sie gediehen sein wird, sollst Du mein Richter sein."

partout: (French) 'absolutely', *durchaus.*

58. **verstocket die Herzen der Leute, daß sie anbeten Baalim:** 'hardens the hearts of the people that they shall worship Baal'. Biblical language but not a quotation (Howard, Glascock). *Baalim* is plural of *Baal,* 'false gods'.

wird mancher falsche Prophet aufstehen: probably, as Maync remarks (edition, vol. III, p. 273), an allusion to Richard Wagner and Franz Liszt, whose music Mörike disliked.

hob sich unversehens auf ein Neues: 'turned abruptly to a new subject'.

seiner Hoffnung schmeichelte: 'flattered his hope' (that *Don Giovanni* would prove a great success).

Sixtus und Calixtus: names of Popes; an expression like 'Holy Moses!', 'Great Scott!'

59. **so vornehm und so reich wie Ritter Gluck!:** The great opera composer Christoph Willibald Gluck (1714–87) was a Lateran chevalier (*Ritter*). Mozart himself was entitled to call himself "Ritter", since Pope Clement XIV, in 1770, had made him a Knight of the Golden Spur (*eques auratæ militiæ*); but he seems to have preferred not to use the title. He was also incomparably poorer than Gluck, who, according to Oulibicheff (vol. II, p. 176), died leaving a fortune of 300,000 gulden "als materiellen Ertrag seiner Lorbeeren". — In 1862 Mörike was awarded the rare "Maximiliansorden" for art and science, but, like his hero Mozart ("der bescheidene klassische Mann"), never wore the decoration.

Wittingau: a town about 17 miles inside the Bohemian border on the road to Prague. See sketch-map, p. 63.

das Edelste und Schönste . . . : 'the noblest and finest feelings that could move her heart' — i.e., her feelings of joy in being engaged to a man she truly loved—'must coalesce and become one with that blissful abundance'—the experience of Mozart's playing.

60. **gelegenheitlich von sich erzählte:** referring to p. 56, l. 25 ff. *Gelegenheitlich*, 'on occasion', 'incidentally'.

sie: i.e., *die Erde*.

eines böhmischen Volksliedchens: The song is of course Mörike's, though like a folk-song in style. Mörike introduces it in a way that skilfully overcomes the difficult transition from prose to verse and effectively heightens the ominous and nostalgic atmosphere of the ending. The "coincidence" that the "älteres Blatt" containing the song should come to light precisely at the moment when Eugenie's thoughts are preoccupied with death strikingly resembles Mörike's own experience in connexion with the death of his brother August (letter to Mährlen, March 1825): "Es war eine sanfte Heiterkeit auf mich gekommen, und ich bemerkte erst nachher, daß ich bei diesem lebhaften Gedanken an Tod und anderes Leben ganz leise vom Sofa aufgestanden war . . . nun find ich — schon wieder etwas zerstreut — im Suchen nach einer Ankündigung des hiesigen Marionettentheaters einen ähnlichen Zettel auf meinem Pult, und zwar wie absichtlich hingelegt. Mit wahrem Schrecken las ich aber "Stuttgart. Don Juan — 15. August 1824", ein veraltetes Blatt — der überbliebene Wegzeiger nach einer verbrannten Stätte. — Du

weißt, daß August einige Tage nach diesem seinem höchsten
Fest, das ihm unser aller Gegenwart damals zum *glücklichsten*
Tag seines Lebens gemacht hatte — gestorben ist."

61. **wo:** = *irgendwo.*

SELECT VOCABULARY

abgered(e)t, agreed, planned beforehand

abgerissen, detached, isolated

ablösen, to relieve, take the place of

abrechnen, to discount, disregard

allgemach, gradually, little by little

altväterisch, old-fashioned, quaint, out-of-date

anberaumt (auf), fixed (for a certain date)

der **Anflug,** touch, tincture; inclination, fancy

das **Angebinde,** gift, present

angelegentlich, urgently

angestammt, hereditary

anschlagen, to take effect, be effective

anschwellen, to swell up

ansetzen, (*of leaves or fruit*) to put forth, begin to grow

anstehen, to stand still; to hesitate; to be delayed; (*with dative*) to suit, become

anstoßen, to clink (glasses)

anstreifen, to brush against, touch lightly

der **Anstrich,** paint-work

der **Armleuchter,** chandelier

der **Auerhahn,** mountain-cock

die **Auffassung,** apprehension, understanding, appreciation

die **Aufführung,** performance

aufgeheitert, cheered up, happier

aufgelöst, dissolved, immersed

aufgeräumt, cheerful, in high spirits

sich **aufhalsen,** to burden *or* saddle oneself (with)

aufräumen: mit etwas aufräumen, to make a clean sweep of (something)

der **Aufwand,** expense, costs

ausarbeiten, to elaborate, work out in detail

der **Ausfrager,** questioner, interrogator

ausgebaucht, bellied out, bulging out

ausgepicht, hardened, well-seasoned

sich **ausnehmen,** to look, appear

ausnehmend, extraordinar(il)y

sich **ausprägen,** to be imprinted (in), be expressed (in)

ausschweifen (in), to develop (into)

der **Auswuchs,** growth, protuberance

der **Auszug,** (musical) arrangement, transcription

beifällig, approvingly, with applause

beifolgend, enclosed

besagt, aforesaid, already mentioned

bescheidentlich, modestly, discreetly

die **Bescherung,** presentation; **da war nun die Bescherung,** there we were! there were the consequences!

beschlagen, studded

beschleichen, to steal upon, take unawares

sich **besinnen,** to reflect, hesitate

bestechen, to bribe, 'captivate'

bestreiten, to defray, cover (costs)

bestürzt, perplexed, disconcerted

bezeichnend, characteristic

der **Deckel,** lid

dedizieren, to dedicate

derweil (*poetic*), meanwhile

dreinsehen, to look, appear

der **Dudelsack,** bagpipes

Durchlaucht, (Serene) Highness

das **Ebenholzschränkchen,** little ebony cabinet *or* cupboard

eigens, specially, expressly

die **Eingebung,** inspiration

eingehen, (*of money*) to come in, accrue

eingenommen, charmed, captivated

die **Einrichtungskosten,** the costs of setting up house

einstecken, to stick in; to lock up

einstehen (mit etwas), to risk (something on someone's behalf)

eintränken, to pay (someone) out (for something)

erheischen, to demand, require

erklecklich, considerable; **ein Erkleckliches,** a fair sum

erlesen (*past participle*), chosen, selected

der **Erlös,** amount realized by a sale, takings

das **Ersatzstück,** substitute, makeshift

erwischen, to catch, get hold of

die **Erzgießerei,** brass-foundry

etliche, some, a few

expreß, expressly, purposely, deliberately

das **Fahrgeleise,** rut, groove

das **Fäustchen,** small fist; **in das Fäustchen lachen,** to laugh in one's sleeve

feingeistig, cultured, intellectual

fistulieren, fisteln, to sing falsetto, 'warble'

das **Flakon,** small bottle, flask

das **Flatterband,** fluttering ribbon

förmlich, formal(ly), ceremonious(ly), regular(ly), proper(ly)

fraglich, aforesaid, under discussion

freiherrlich, baronial

frischweg, without more ado

das **Fruchtmaß,** vessel for measuring corn

sich **fügen,** to chance or happen (coincidentally)

galoniert, trimmed with galloon (gold or silver braid)

das **Gattertor,** lattice gate

gedenken (einer Sache), to mention (something); **gedacht,** aforementioned

das **Gefährt,** vehicle

die **Geflissenheit,** application, zeal

die **Geißel,** whip

der **Geistesodem,** spiritual breath, intellectual atmosphere *or* character

gelangt, having reached, having arrived (at)

gelassen, calm, quiet

gemachsam (*usually* **gemächlich**), at a leisurely pace

der **Generalbaß,** thorough-bass, the art of harmony

das **Geschirr,** harness; **sich ins Geschirr werfen,** to apply one-self in earnest (to)

das **Gestäude,** bush, shrub

das **Gezücht,** brood, vile creatures

die **Gitterlaube,** trellised arbour

das **Gleichnis,** symbol, simile, likeness

glimplich, in a fair and reasonable manner

die **Glocke,** bell; bell-flower

grauen (*impersonal with dative*), to shudder at

greulich, hideous, horrible

gründamast, of green demask

gütlich, amicable, amicably

der **Häher,** jay

der **Haken,** hook; **die Sache hat ihren Haken,** the matter has its difficulties, is not quite so easy

halbverklärt, half-transfigured

halt, halter (*South German*), you know, of course

halten, to hold; **es hält schwer,** it is difficult

hausväterlich, pertaining to the father of a family; staid and decorous

das **Heiratsanliegen,** plan *or* wish to get married

hell(e), bright(ly)

herausgehen, (*of speaking*) to speak freely, come out with

der **Herzenszug,** trait of the heart, characteristic of one's disposition

der **Himmel,** sky; canopy (of a bed)

sich hineinversetzen (in jemand), to imagine (someone's) feelings, identify oneself in thought (with someone)

das **Histörchen,** little story

der **Jabot,** frill on shirt front

jucken, to itch, impel, have an inclination

just, precisely, just in this moment

die **Innungskniffe** (*pl.*), the intrigues going on in the guild, the guild chicanery

insonderheit, especially

der **Kapellmeister,** orchestra conductor

kassieren, to annul, cancel

der **Kaufschilling,** sum paid on account, deposit

der **Kauz,** owl; queer fellow

die **Kegelbahn,** skittle-alley

der **Kehraus,** the last dance (at a ball)

das **Kelchglas,** cup-shaped glass, goblet

kleinlaut, in a subdued voice *or* mood

der **Klempner,** tinsmith

knirschen, to gnash one's teeth

der **Köcher,** quiver

der **Köhlerbube,** youthful *or* apprentice charcoal-worker

das **Körnchen,** grain

der **Kraftaufwand,** expenditure of strength

der **Kram,** (retail-) trade, business, profession; wares

der **Kranz,** wreath, garland

die **Kriegslist,** stratagem

kritzeln, to scratch, scrawl, scribble

der **Kübel,** tub

das **Künstlerblut,** a born artist

die **Kunstverwandte,** relation in art, person related by a common interest in art

der **Kupferstich,** engraving

kurzum, in short

der **Lack,** lacquer, varnish

lässig, lazy, lazily; idle, idly

lauern, to lurk, lie in wait

lauter (*undeclinable*), pure, absolute, unadulterated

der **Leib,** body; **wie auf den Leib gegossen,** 'fitting like a glove'

das **Liederheft,** song-book

das **Mandl** (*dialect*), **Männchen,** little man

mehrgedacht, already mentioned several times

der **Meiler,** charcoal-kiln *or* -pile

der **Messingnagel,** brass nail

die **Monatsfrist,** space of a month

nachgeben, to be inferior to, yield to

der **Nachgenuß,** after-enjoyment, pleasure in recollection

nachgerade, by this time, finally. *Translate:* 'was beginning to . . .'

der **Nachkömmling,** descendant
das **Nähkissen,** sewing cushion
niedlich, dainty, cute
die **Noten,** printed music *or* music in manuscript
ohnehin, in any case, of course
die **Opferbüchse,** offering box
ordentlich, downright, proper

die **Pappelallee,** avenue of poplars
die **Partitur,** musical score
das **Pensum,** task
die **Pflegetochter,** foster-daughter
die **Posaune,** trombone; (*biblical*) trumpet
possierlich, droll, comical
der **Posten,** sum, item (*e.g.* in a list of debts)
Potz Hagel! Good Lord!
pressieren, to be urgent; to be pressed for time, be in a hurry

der **Querkopf,** queer fellow, crank
quittieren, to give a receipt

raffinieren, to speculate
das **Rebengeländer,** trellis-work for vines
rechtschaffen, honest, upright; (*as adverb*) thoroughly, properly
Rede stehen (über etwas), to give an account of, answer for (something)
rein, pure, clean; **ins reine bringen,** to fix up, get into order
das **Reisehabit,** travelling costume
die **Residenz,** residence (especially of a ruling prince)
das **Riechwasser,** perfume, scent
der **Rosenkranz,** garland of roses; rosary
der **Rost,** grate, gridiron, grill

sapperlot! (*or* **sapperment!**), the deuce! good heavens!
das **Scharmützel,** skirmish
der **Schild,** shield; **im Schilde führen,** to be up to (something), be about to practise (a joke *or* plot)
der **Schlag,** door of a carriage
schlechtweg, simply, in plain language
der **Schleifer,** slow waltz
schlendern, to saunter
der **Schlosser,** locksmith
schmollen, to sulk
schmunzeln, to smile, grin
schnurstracks, directly, diametrically
das **Schock,** threescore, 'scores of'
das **Schöppchen,** small glass of beer
die **Schuldmahnung,** reminder of a debt
der **Schützling,** protégé(e)
der **Schwager,** brother-in-law; postillion, coachman
schwanken, to go to and fro; to shake, tremble, throb
schwarz sehen, to expect the worst, be pessimistic
der **Schweinsrüssel,** pig's snout
der **Schwung,** impetus, poetic fire and force
der **Seilermeister,** master rope-maker
sei's drum, be it so, very well
die **Selbstanklage,** self-accusation
das **Siechtum,** sickness
silberblumig, silver-flowered
die **Soiree** (*French*), evening; evening-party
die **Sottise** (*French*), foolish affair, blunder
der **Spektakel,** uproar, turmoil
spicken, to interlard, diversify (with)
der **Spießbürger,** philistine, dull and unimaginative fellow
die **Spitze,** point; (*usually in plural*) lace

sprützen, spritzen, to spirt, gush, sparkle

der **Staatsdegen,** dress-sword

das **Staatsgewand,** robe of state, gala-dress

Stegreif: aus dem Stegreif, impromptu, extempore

der **Sternenkreis,** constellation, galaxy

steuern (*with dative*), to check, prevent

die **Stickluft,** close or stuffy air, suffocating atmosphere

die **Stockliebhaberei,** the stick hobby

die **Stockung,** check, standstill, stagnation

der **Strudel,** whirlpool, vortex; 'whirl' (of business)

tafeln, to dine, banquet

die **Tannendunkelheit,** fir-tree darkness, the deep shade of a fir-wood

der **Tausendsasa,** a devil of a fellow, a wonderful chap

der **Tropf,** simpleton; **ein guter Tropf,** 'a good creature'

truppweis, in troops or bands or groups

überschwenglich, exuberant(ly); ineffable, ineffably

der **Uferdamm,** embankment, quay

umgaukeln, to flit around, hover around

umgewandt, transformed

unangesehn, regardless, without considering

unbefangen, impartial, unprejudiced

unerledigt, undealt with, not disposed of

ungeschminkt, unpainted, unvarnished (**Schminke:** make-up)

der **Unhold,** fiend, monster

das **Unkraut,** weed; **Unkraut säen,** to sow tares, create discord

unverstellt, unfeigned

der **Urheber,** originator, composer

urplötzlich, all of a sudden

verfallen, broken down, decayed

die **Vergebung,** forgiveness, pardon; **um Vergebung,** excuse me

sich **vergleichen,** to reach an agreement *or* compromise

verheißen, to promise

verhunzen, to bungle, spoil

verkümmert, spoiled

vermöge, by virtue of, by dint of

verschlagen, to signify; **es kann ihm nichts verschlagen,** it can make no difference to him

verschütten, to bury alive, submerge

verströmen, to pour forth

sich **vertragen,** to be consistent with *or* compatible with

die **Verwendung,** intercession

sich **verzehren,** to consume (oneself), burn oneself out

vollends, completely, finally

vollgepropft, crammed full

vornweg, first of all, to start with

der **Vorsprung,** advantage, lead, advance

vorzugsweise, especially, particularly

der **Waldsaum,** edge or border of the forest

die **Wallung,** boiling up; (*of blood*) coursing with excitement

sich **weiden,** to feast (one's eyes) upon, delight in

der **Wickel,** roll, wig, hair; **beim Wickel kriegen,** to collar or catch (someone)

das **Widerspiel,** opposite, contrary, antagonist

wohlgelaunt, cheerful, in a good humour

der **Wundermann,** wonderful man

der **Wurf,** throw, cast; attempt

zackig, jagged, branching

der **Zug,** pull; **in den Zug kommen,** to get into the mood (for), get started

zugut(e) tun: sich etwas zugute tun auf etwas, to pride or pique oneself on something

die **Zurüstung,** preparation

zusehends, visibly, noticeably

der **Zuspruch,** encouragement, friendly admonition or persuasion

der **Zwerchsack, Quersack,** wallet

der **Zwischenraum,** pause, interval